AMÉLIE NOTHOMB

L'IMPOSSIBILE RITORNO

VOLAND

AMAZZONI

Amélie Nothomb

L'impossibile ritorno

traduzione di Federica Di Lella

Voland

Titolo originale: *L'impossible retour*

Prima edizione: febbraio 2025

ISBN 978-88-6243-566-6

Di Amélie Nothomb
presso le edizioni Voland:
Igiene dell'assassino
Le Catilinarie
Sabotaggio d'amore
Attentato
Ritorno a Pompei
Mercurio
Stupore e tremori
Metafisica dei tubi
Cosmetica del nemico
Dizionario dei nomi propri
Antichrista
Biografia della fame
Acido solforico
Diario di Rondine
Né di Eva né di Adamo
L'entrata di Cristo a Bruxelles
Causa di forza maggiore
Il viaggio d'inverno
Una forma di vita
Uccidere il padre
Barbablù
La nostalgia felice
Pétronille
Il delitto del conte Neville
Riccardin dal ciuffo
Colpisci il tuo cuore
I nomi epiceni
Sete
Gli aerostati
Primo sangue
Luccicante come una pentola
Il libro delle sorelle
Psicopompo

Nessun continente se ne andrebbe volontariamente alla deriva. Prima delle fratture tettoniche c'erano un solo mare e una sola terra. L'unica isola si chiamava Pangea. L'esilio non esisteva, bastava camminare a lungo e alla fine raggiungevi necessariamente i tuoi.

Qualsiasi partenza è un'aberrazione. Penso di avere le carte in regola per saperlo: ho passato tutta la vita a partire. I miei genitori diplomatici si trasferivano continuamente, portandosi dietro una prole ogni volta più traumatizzata. Invece di farci l'abitudine, ho sviluppato un'allergia alle partenze.

Da adolescente avevo giurato a me stessa che da adulta avrei trovato il luogo assoluto da cui in seguito non mi sarei più mossa. A ventun anni decisi che quel posto sarebbe stato Tokyo. Fu una catastrofe. Tornai a Bruxelles e immaginai che quella potesse diventare la mia casa. Gli dèi non approvarono una scelta così banale e mi spedirono a Parigi, dove approdai come un uccello nel paese dei gatti. Con mia sorpresa mi innamorai profondamente di questa città pericolosa. Tenni Bruxelles come soluzione di ripiego e mi lasciai conquistare dal vortice parigino.

Sono passati venticinque anni e il mio amore per Parigi ha trionfato. È l'unico posto al mondo dove sono rimasta così inverosimilmente a lungo. Se mi avessero annunciato, quando ero bambina, che sarei diventata sedentaria proprio a Parigi, non ci avrei mai creduto. Ecco cosa significa innamorarsi: vi si presenta un destino imprevisto e voi vi ci buttate senza capire, con l'ebbrezza di chi agisce in barba a qualsiasi progetto di carriera.

Questo non mi impedisce di fare qualche viaggio. Tanto vale dirlo subito, non lo faccio mai alla leggera. Devono esserci motivi seri, per esempio di lavoro. Non che io sia una persona dominata dal senso del dovere, è che, sotto sotto, avverto sempre una sorta di indignazione: "Abiti a Parigi e vuoi viaggiare?"

È un po' come abitare nell'Eden e desiderare di visitare gli Inferi.

Precisiamo: negli ultimi venticinque anni ho scoperto l'Italia, l'Amazzonia... mi sono accorta che esistevano altri luoghi sublimi e che valeva la pena andarci. Ciò non toglie che persino queste mete ideali suscitano in me la riluttanza di cui sopra. Per partire devo vincere un amore potente quanto l'inerzia.

Postilla: l'inerzia è la resistenza di un oggetto a una forza che cerca di imprimergli un movimento. Il dizionario la considera una proprietà. Mi permetto di trovarlo inesatto. Una proprietà è quasi un epiteto omerico. L'inerzia è molto più grave.

Partire mi appare sempre come una violenza. Eppure si tratta di partenze molto più innocue di quelle della mia giovinezza, visto che sono sicura di tornare. Il trauma è così forte che le mie tenebre interiori non credono al ritorno. Quando Paul Bowles sosteneva che il viaggiatore degno di tale nome è chi non è sicuro di tornare, naturalmente non alludeva al mio caso patologico, perché io, invece di vivere questa incertezza con nobiltà metafisica, la sento come la peggiore delle minacce. La notte prima della partenza non dormo mai: sono troppo impegnata a dire addio al mio letto, al mio armadio, alla mia quotidianità.

All'inizio del 2021 Pep Beni si è aggiudicata il premio Nicéphore Niépce per la sua magnifica raccolta di fotografie, *Tombé du ciel*, che racconta la guerra del Pacifico dalla parte del Giappone. Ha vinto così un volo di lunga distanza andata e ritorno per due persone. Poteva scegliere fra tutte le mete raggiunte da Air France.

Pep Beni è una persona importante nella mia vita. Questa fotografa straordinaria è una delle prime amiche che ho avuto quando sono arrivata in Francia alcuni decenni fa.

Pep mi ha chiamato per annunciarmi la grande notizia:

– La meta che ho scelto è il Giappone, e sarai tu ad accompagnarmi.

Panico.

– Con la pandemia non penso che sia possibile, purtroppo.

– Lo so. Partiremo appena la situazione lo consentirà.

Ho ricominciato a respirare. All'inizio del 2021 sembrava impensabile che un giorno saremmo usciti da quell'incubo. Come molte altre persone, ero convinta che lockdown e compagnia bella sarebbero durati per l'eternità.

A poco a poco il COVID ha allentato la sua morsa. Ma anche quando è stato di nuovo possibile viaggiare in paesi lontani, il Giappone non ha riaperto le porte. Pep cominciava a spazientirsi.

Alla fine del 2022 il paese del Sol Levante ha accettato di tornare a essere una meta turistica, a condizione che venissero fornite delle garanzie più che serie. Pep ha chiamato subito Air France per prendere due biglietti per marzo-aprile. Il cento per cento dei voli era già stato prenotato dagli innumerevoli turisti che da tre anni a quella parte aspettavano di vedere i ciliegi in fiore. Mi sono detta che gli dèi mi proteggevano.

– Marzo 2024? – ho suggerito.

– Neanche per sogno! Com'è maggio in Giappone?

– È la stagione delle azalee.

Pep ha prenotato all'istante due biglietti di andata e ritorno. Saremmo quindi partite il 20 maggio 2023 per tornare a Parigi il 31 maggio.

– Faresti meglio a invitare qualcun altro – ho tentato ancora.

– Troppo tardi. E poi voglio che sia tu a guidarmi. Tu, la grande sacerdotessa dell'elogio dell'ombra, di cui sei diventata un'esperta anche al di là dei tuoi romanzi, non puoi tirarti indietro!

"Ben mi sta" ho pensato.

In Giappone ero stata per l'ultima volta nella primavera del 2012, in occasione delle riprese di *Amélie Nothomb, une vie entre deux eaux*. Per dieci giorni la troupe di Laureline Amanieux mi aveva filmata a Kyoto, a Kōbe, a Tokyo e a Fukushima. Stavano girando un reportage sui miei rapporti con il Giappone, passati e presenti. L'operazione si era rivelata appassionante quanto ardua. La cosa più difficile era stata dover provare emozioni tanto intense, come rivedere la mia tata sotto lo sguardo ininterrotto della telecamera. Il che aveva avuto il merito inatteso di impedirmi di avere un crollo.

Da allora erano passati undici anni, e non anni da poco. C'era stata la pandemia, poi era scoppiata la guerra in Ucraina. Era morto mio padre. Senza che me ne accorgessi, queste vicissitudini avevano scavato in me una sofferenza che non avevo previsto.

"Tornare in Giappone ti rincuorerà" mi sono detta. L'argomentazione non reggeva. A turbarmi era l'idea di andarci con Pep. No: di dover fare da guida a Pep in territorio nipponico. Non avevo mai fatto da guida a nessuno. Guidare Pep mi terrorizzava. Definirla un'amica esigente è dir poco. Ma la cosa più spaventosa era avere questo ruolo in Giappone.

È il mio paese preferito al mondo, la mia terra sacra.

Solo a sentirlo nominare vado in trance. Un simile amore non mi dà nessuna particolare competenza e mi priva del diritto di fare il minimo errore.

– Parli la loro lingua – ha detto Pep.

Sì. No. La parlavo. So che è ancora lì, sepolta sotto innumerevoli macerie. All'epoca del mio ultimo soggiorno nel paese del Sol Levante sentivo ondate di giapponese tornarmi in mente ogni giorno. Non per forza le parole più utili o le espressioni più adatte, ma le locuzioni a cui mi ero affezionata per motivi sentimentali.

Il giapponese è la mia lingua fantasma. Fino all'età di cinque anni lo parlavo correntemente. Poi ho lasciato il paese e ho dimenticato la lingua. Quando ho compiuto ventun anni sono tornata in Giappone e l'ho reimparata, scoprendo di non aver cancellato del tutto quello che era stato il mio linguaggio infantile. Ho avuto una lunga e importante relazione con un giovane tokyota che adorava la mia strana parlata. E poi ho lavorato in un'azienda nipponica dove le mie singolari facoltà linguistiche hanno ispirato una diffidenza crescente, finché non ho ricevuto l'ordine più astruso del mondo: "Dimentichi il giapponese."

Ho cercato di obbedire. Il disastro professionale che ne è seguito mi ha convinta a voltare pagina. Ho lasciato Tokyo, dove due anni prima avevo deciso di vivere. Sono tornata in Belgio.

A venticinque anni scopro un nuovo paese: la Francia. Gli autoctoni mi accolgono bene, io mi ambiento. Il giapponese scompare dalla mia memoria, non senza lasciare una traccia incongrua che preferisco ignorare.

Dovrò aspettare l'età di quarantacinque anni per rimettere piede nell'Impero, grazie al documentario di Laureline Amanieux, e accorgermi di aver disobbedito agli ordini dell'azienda: non ho dimenticato la lingua.

È un po' come se il giapponese fosse una marea: man mano che mi allontano, il mare delle parole scende. Basta che io torni e la marea risale, la mia barca è in acqua.

Nel maggio del 2023 la marea è bassa. Non è la prima volta, ma ho paura lo stesso. Magari ho perso definitivamente la chiave di quella lingua!

Il lato positivo di Pep è che non mi lascia scelta:

– Devi solo arrivare sul posto.

Mi sta con il fiato sul collo.

Quando comincio a pensare al viaggio, non riesco più a dormire. La sola idea di comprare dei biglietti del treno mi sembra superiore alle mie forze.

Quante volte mi sarò comprata un biglietto del treno quando vivevo in Giappone? Era talmente facile che non ricordo più come facevo. Se dovessi partire da sola, non avrei paura, sarei addirittura esaltata dal lato avventuroso della faccenda. Ma dover guidare Pep mi sembra superiore alle mie forze.

"A chi vuoi darla a bere? Da sola non ci andresti proprio, in Giappone" mi dico. È vero. Sono diventata una persona che non prende più l'iniziativa di fare un viaggio in Giappone. Lodata sia Pep che mi ci costringe!

Sabato 20 maggio. L'aereo decolla da Roissy-Charles-De-Gaulle alle 13. Scopro che il volo è più lungo di prima. Un tempo da Parigi a Osaka ci volevano undici ore. Adesso tredici ore e trenta minuti. A causa della guerra in Ucraina l'aereo non può più sorvolare la Russia come allora. Si passa da sud: Turchia, Kazakistan, Cina.

Accanto a me Pep va in paranoia:

– Pensi che lo reggerò, un volo così lungo?

– Senza il minimo problema.

– Sono asmatica.

– Anch'io.

– Sono allergica ai cuscini di piume dell'Air France.

Do i cuscini allo steward:

– Ecco fatto, problema risolto.

– Sto per avere un attacco di panico.

Conosco abbastanza Pep per sapere che in effetti rischia una crisi d'ansia. Le dico quello che ha bisogno di sentire.

– Siamo ancora in tempo per scendere dall'aereo e annullare il viaggio.

Una parte di me spera che lei prenda questa decisione. Pep fa un bel respiro:

– No. È tutta la vita che aspetto di andare in Giappone. Ce la devo fare.

– Vedrai che andrà benissimo.

L'aereo decolla. *Alea iacta est*.

In volo tendo a non fare niente. Se sono seduta vicino al finestrino, guardo il cielo e la terra ininterrottamente.

In caso contrario pratico il non-agire. Leggere? Impossibile trovare la concentrazione necessaria. Scrivere? Solo quando sarà l'alba. E poi, perché giustificarmi? La vita non mi offre molte occasioni di nullafacenza.

– Che fai?

– Niente.

– Allora occupati di me.

– In che senso?

– Sto per avere un attacco di panico – continua Pep. – Aiutami.

Non avendo la minima idea dell'atteggiamento da adottare, comincio a parlare a vanvera:

– L'aereo è strapieno. È incredibile. Peccato che non siamo sedute vicino al finestrino, sennò ti farei vedere Meaux, sarebbe entusiasmante. È comprensibile che un volo Parigi-Osaka sia pieno. Ma lo è anche il Parigi-Meaux. Puoi provare con i tragitti più improbabili, Meaux-Vierzon, Compiègne-Vandœuvre, è comunque tutto al completo. È un mistero oscuro come pochi: dove vanno tutte queste persone? Che bisogno hanno di spostarsi? Perché mai uno dovrebbe andare a Vierzon? Vandœuvre non è noiosa almeno quanto Compiègne? Non ci sentiamo mai nella posizione di giudicarli, visto che se ci indigniamo è proprio perché siamo con loro sul Meaux-Vierzon. "Ah sì, ma io ho una buona ragione, è che..." E a quel punto appare di colpo evidente la nullità di qualsiasi motivazione. Per questo spostarsi è un'attività pericolosa. Perché mette in luce la vacuità dell'esistenza.

– Che vai dicendo?

– Almeno l'aereo offre delle possibilità. Vedi, c'è uno schermo, si può per esempio scegliere un film.

Ipnotizzata, Pep mi lascia armeggiare sul suo schermo. Tra i film proposti c'è *Riabbracciare Parigi*. Il titolo mi cattura. Sincronizzo il mio schermo con il suo.

– Lo guardiamo insieme, va bene?

Detto fatto. Il film si rivela tremendo: parla degli attentati del 13 novembre 2015. La mia amica consegna tutta l'ansia al personaggio interpretato da Virginie Efira e dimentica la sua. Missione compiuta.

Tra noi e il finestrino c'è una simpatica portoghese. Visto che dorme, prendo l'iniziativa di alzare la tendina.

Ho appena finito di scrivere: la mattina può avere inizio. Devo riconoscere che nella mia vita l'alba è spesso puramente mentale. Il che rende ancora più impressionante, in questo 21 maggio, vedere un'autentica aurora, un momento che paradossalmente mi perdo sempre, perché sono totalmente immersa nella scrittura.

Lo schermo indica che stiamo sorvolando la Corea del Sud. Pur essendo al cento per cento analogica, apprezzo questi GPS, soprattutto quando sono su grande scala: rendersi conto che il nostro minuscolo apparecchio sta passando sopra l'Azerbaigian o il Sichuan fa il suo effetto. Se non si è seduti vicino al finestrino, non trovo assurdo tenere gli occhi fissi sull'immagine per dodici ore.

La mia vicina ha il sonno pesante, posso allungarmi su di lei senza disturbarla. Questo mi permette di convertire il tracciato del GPS nel suo equivalente paesaggistico: è raro disporre di una possibilità così immediata.

Dopo la Corea c'è il mare. Il mio cuore prende a battere all'impazzata. Spengo lo schermo, voglio concentrarmi soltanto sulla realtà. Sempre distesa sulla mia vicina, guardo attraverso il vetro con l'avidità del pellegrino.

A un tratto scorgo la riva. Con la voce strozzata dall'emozione comincio a gemere:

– Il Giappone! Lo vedo! È lì!

Lacrime di gioia. Pep ridacchia.

– Sembri il prigioniero corso di Asterix quando sente l'odore della sua isola.

Ha ragione. Come ho potuto essere tanto restia a intraprendere questo viaggio quando la semplice vista del territorio nipponico mi sconvolge a tal punto?

Mi scanso in modo che Pep possa godersi la vista. Può anche prendermi in giro, ma sembra emozionata quanto me. Per lei sarà la prima volta: la invidio un po'. Dev'essere meraviglioso scoprire il Giappone da adulti.

A pensarci bene la mia riluttanza nei confronti delle partenze deve molto all'Impero. La prima partenza della mia vita è stata quella che mi costrinse a lasciare il Giappone all'età di cinque anni. Lo strazio di quel distacco mi ha traumatizzata. In seguito ho vissuto tantissime partenze difficili: oltre al dispiacere intrinseco, le ho sempre sentite come la ripetizione della tragedia originaria. Lasciare il Giappone, l'arcipelago ideale, la terra dove la mia esistenza aveva un senso.

All'epoca avevamo lasciato il Giappone per trasferirci

nella Cina di Mao, vale a dire all'inferno. Ma anche se avessimo barattato l'Impero con Citera, penso che la mia sofferenza sarebbe stata equivalente. Non importava dove andassimo. Abbandonavamo il Giappone. Un dato sufficiente di per sé.

Dopo questo distacco iniziale ero tornata in Giappone, avevo cercato di stabilirmi lì per sempre. Non aveva funzionato e alla fine ero scappata. Un simile fallimento non aveva scalfito il mio amore: ero sempre perdutamente innamorata di quel paese. Forse quello schema di base in seguito mi ha condizionata. In me l'amore prescinde dal risultato. Allontanarsi non significa affatto rinunciare o attenuare l'ardore.

Evidentemente Pep mi legge nel pensiero, perché mi dice:

– Non ricomincerai con la nostalgia?

– Hai ragione.

La nostalgia: le avevo già concesso anche troppo. È la mia malattia incurabile. Dunque devo resisterle. Era forse arrivato il momento di riscoprire il Giappone senza essere ossessionata da quello che vi avevo vissuto?

Il pellegrinaggio sulle orme del mio passato nipponico lo avevo intrapreso almeno due volte. Pep voleva che ripartissi da zero. Era un buon proposito. Ne sarei stata capace?

Atterrare a Osaka suscita sempre l'identico timore: l'aereo scende in picchiata verso il mare, ti chiedi se il pilota non stia mettendo in atto un suicidio collettivo, la pista appare all'ultimo secondo. Quando l'apparecchio tocca terra, i passeggeri tirano un sospiro di sollievo.

Le formalità durano almeno il doppio di un tempo. Eppure abbiamo compilato i moduli necessari, ma le risposte fornite non vanno bene. Dopo aver finalmente accontentato le autorità aeroportuali, prendiamo il treno per Kyoto.

Si tratta di una navetta Hello Kitty. Non credo ai miei occhi. Pep esulta. Entrarci ti permette di sottrarti alla vista della decorazione rosa confetto e all'onnipresenza di Kitty. Il tragitto dura più di un'ora. Non me ne accorgo neanche. La mia amica osserva ogni minimo particolare della periferia di Osaka e poi di quella parte del Kansai più urbana che rurale che porta all'antica capitale. Capisco la sua meraviglia, niente le sembra insignificante.

È domenica, dev'essere mezzogiorno. Forse per questo le strade sono deserte? Né macchine né esseri umani. A volte una risaia tra due palazzi ti coglie alla sprovvista.

A Kyoto abbiamo qualche difficoltà a trovare la locanda tradizionale che Pep ha prenotato. Al *ryokan* in questione non possiamo ancora prendere possesso delle camere, è troppo presto. Lasciamo i bagagli alla reception e partiamo all'avventura.

Sbornia analcolica: riscoprire una città frequentata nella propria infanzia vietandosi la nostalgia. Kyoto è cambiata pochissimo, l'unica cosa che ho dimenticato è la sua planimetria. Immaginatevi di tornare a Parigi e di ricordare i luoghi ma non la loro disposizione: "Vorrei andare al Louvre, ma non so più dove si trova." Sono bombardata da emozioni senza fissa dimora.

Pep si ferma lungo il canale di Gion. Sull'altra sponda un airone attende la sua razione di cibo davanti alla finestra di un'osteria. La ristoratrice lo tiene buono dandogli di tanto in tanto degli avanzi. La scena ci affascina. Ci diciamo che se il trampoliere ha scelto quel locale un motivo ci sarà.

– Ho fame – mi comunica la mia amica.

Conosco Pep da un quarto di secolo. Quando ha fame non si scherza. Ritardare il momento del pasto può comportare conseguenze terribili. Attraversiamo il canale e alla fine riusciamo a scovare l'ingresso nascosto dell'osteria.

Una donna ci accoglie come se ci aspettasse da sempre. Incantata, Pep scopre i modi di fare giapponesi. Appena ci sediamo la padrona di casa ci porta il tè e dei tovaglioli profumati. "Ho la sfrontatezza di servirvi" dice alla mia amica che per fortuna non la capisce.

La taverniera ci spiega che ha un unico menu da proporci ma, se ci accontentiamo, non ce ne pentiremo. Accetto con gioia e inizia una processione di piatti uno più prelibato dell'altro. Sia benedetto quell'airone per averci segnalato il miglior ristorante di Kyoto!

Al di là della finestra il trampoliere in questione è impaziente. Pep vuole andare a dargli da mangiare, la taverniera la ferma:

– Quando avrò finito il turno gli porterò qualcosa. Non lo vizi, si prende già fin troppe libertà.

Sono io a tradurre. Non capisco tutte le parole ma colgo il senso generale. Fra l'altro più assaporo le portate di questo pranzetto delizioso più mi torna in mente il giapponese. La donna mi chiede da dove venga il mio *kansai-ben* – il dialetto della regione – perché in effetti ho l'accento di qui. Le racconto della mia infanzia, della mia tata.

– Dove abitava?

– A Shukugawa.

– Io sono di Nishinomiya! – esclama lei.

Siamo state dunque vicine di casa e chiacchieriamo come tali. Pep mi interroga sul senso della nostra conversazione. Visto che mi ha proibito la nostalgia invento di star parlando di politica.

Siamo le ultime clienti di mezzogiorno. Così assistiamo al pranzo dell'airone, che riceve sontuosi resti di cibo. L'animale ha il palato fine e ne è deliziato. È un piacere vederlo pascersi.

Alla locanda prendiamo possesso delle nostre camere tradizionali. Mi stupisco di ritrovare l'odore del tatami fresco. La mia amica, ormai convinta che io sia perfettamente bilingue, mi fa fare mille domande all'albergatore: il futon è antiacaro, il cuscino è di piume, eccetera? Per "acaro" giapponesizzo l'inglese *bedbug*. L'albergatore impallidisce all'idea che qualcuno possa sospettarlo di dare alloggio a simili ospiti. Sfioriamo l'incidente diplomatico, ristabilisco l'armonia come posso.

Andiamo a fare una passeggiata. Scende la sera. La nostalgia è un sentimento crepuscolare, la mia si fa sempre più spazio dentro di me. Scopro la gioia di non condividerla. Per quanto Kyoto sia senza dubbio una città fuori dal comune, per me resta innanzitutto un luogo della mia regione di appartenenza, le piccole lampade che si accendono davanti ai chioschi mi commuovono.

Le gambe ci portano verso le montagne che segnano il confine della città e scorgiamo un tempio che, a giudicare dalle statuette che lo ornano, è dedicato ai conigli. Pep, conigliofila irriducibile, si profonde in esclamazioni di meraviglia e mi fa notare:

– Finalmente un paese che dà al coniglio il posto che merita!

Mentre lei fotografa dozzine di lagomorfi scolpiti io mi lascio sopraffare da ondate di nostalgia. Ormai è buio, a illuminarci sono solo le lanterne del santuario e il tempo non esiste più. Ho quattro anni.

Nessuno viene a dirci che dobbiamo andarcene. C'è un orario di chiusura? A quanto pare si potrebbe anche passare la notte nel tempio dei conigli e Pep non chiederebbe di meglio. I giapponesi sono persone così rispettose che non immaginano nemmeno quali idee contorte possano nascere in un cervello europeo. Alla fine ci dissuade solo la presenza di altri occidentali.

Porto la mia amica in una taverna che ho individuato. Vi servono un autentico *okonomiyaki*. L'*okonomiyaki*, alla lettera "cosa cotta secondo il vostro onorevole gusto", è, nonostante un simile nome, uno dei piatti più popolari. In Europa sta diventando ormai di moda, e questo può creare un equivoco: la gente trova chic mangiarne, mentre si tratta quasi di un cibo da fiera. La trattoria che ho scovato è rozza, dentro c'è puzza di fritto: contentissima, ordino due *okonomiyaki* e due birre locali. La taverniera non tarda a servirci e io assaporo deliziata il mio piatto: è tale e quale all'*okonomiyaki* che mi preparava la mia tata Nishio-San in cucina.

Dietro di noi alcuni ubriachi parlano a voce alta. Pep ha l'aria imbronciata, detesta visibilmente questo posto.

– Anche in Giappone ci sono dei buzzurri che sbraitano. Mi sembrava giusto che lo sapessi – le dico.

– D'accordo, adesso lo so. D'ora in poi puoi non trascinarmi più in luoghi simili.

La fatica del viaggio ha la meglio su di noi. Torniamo al *ryokan*, io crollo sul futon. Qualche ora dopo, svegliarmi per scrivere è dura: da questo punto di vista non è facile smaltire il jet lag. Affascinata dalla graziosa lampada di carta, ci riesco meglio. Il sole non tarda a sorgere.

Alle otto del mattino mi infilo lo *yukata* della locanda e raggiungo Pep che ha ordinato la colazione tradizionale in camera.

Quando entro, la mia amica è seduta al tavolino, servita da una giovane giapponese incantevole che le dispone davanti piatti laccati neri e rossi. È evidente che tutto questo le piace molto di più della taverna della sera prima. Mi siedo di fronte a lei, la ragazza toglie i coperchi dai piatti.

Pep scopre pesce essiccato, melanzane al miso, funghi marinati, un rotolo di frittata, radici di loto, una zuppa di alghe. Non le sembra vero e assapora ogni pietanza con entusiasmo, mentre la ragazza le versa il tè.

Non è la mia prima colazione nipponica, tutt'altro, e per quanto sia indubbiamente eccellente, faccio un po' fatica. Mordicchio una prugnetta salata, mi fa schifo, ma il viaggio nel tempo funziona: mi fa schifo esattamente come le volte precedenti. La ragazza si informa sul senso della mia smorfia, le rispondo:

– *Shiokara sugimasu.*

Formula di rito per dire che è troppo salato. Alla lettera: "È troppo speziato di sale", a riprova del fatto che in giapponese il sale è considerato una spezia.

Pep si rivela più giapponese di me: le piace tutto da impazzire. Io insisto che a mezzogiorno o in serata andrà meglio. Il pesce essiccato di prima mattina è troppo saporito per me.

Arriva il momento dell'immancabile domanda da un milione di dollari del turista a Kyoto: da quale tempio cominciare? Ce ne sono tanti e sono uno più sublime dell'altro. Suggerisco di iniziare dal più vicino, il Kiyomizudera. Ci andiamo a piedi percorrendo stradine inizialmente molto tranquille. Giunte nelle vicinanze scopro che attorno al tempio è spuntato un dedalo di chioschi turistici. Nel 1989 non c'era niente di tutto ciò. Per fortuna appena superato il recinto sacro non noto più nessun cambiamento.

Il Kiyomizu-dera beneficia di un vantaggio frequente in questa città: è costruito sui contrafforti della vicina montagna e per questo domina in modo ancora più netto il mondo profano. Chi lo visita ha la duplice gioia di avere la montagna alle spalle e una vista panoramica davanti a sé. Una cascata adiacente accresce il prestigio del sito.

Era il tempio preferito di mio padre. L'ultima volta che lo avevo visto ero con lui. Mio padre aveva allora una cinquantina d'anni, la mia età. Ricordo la sua emozione mentre lo visitavamo insieme. Non diceva quasi niente ma sul suo viso si notavano dei crolli improvvisi, come se quella bellezza lo devastasse: spalancava gli occhi con aria di sofferenza. A quanto dicono, io ho un'espressione simile quando ammiro qualcosa.

Quando venimmo nel 1989 era agosto, la stagione delle piogge, faceva un caldo terribile e l'umidità ci soffocava. A maggio 2023 la temperatura è di venti gradi, un po' alta per la stagione ma piacevole, anche perché non si avverte ancora la minima afa.

La seconda metà di maggio è il periodo riservato alle gite scolastiche. In giro ci sono pochissimi turisti occidentali, perlopiù si vedono frotte di adolescenti giapponesi in divisa, accompagnati da uno o più professori. È una promiscuità molto simpatica. Gli studenti sono al tempo stesso allegri e rispettosi, guardano con deferenza ciò che gli viene mostrato.

– Quando ero alle medie ho visitato Chambord con la classe – dichiara Pep.

– Ed eravate come questi adolescenti?

– Non esattamente. Facevamo chiasso, era una gara a chi diceva la cazzata più clamorosa. Però, in confronto ai giovani francesi di oggi, eravamo degli angioletti.

Mi fermo accanto a un professore che si esprime con competenza davanti a un gruppetto di alunni diligenti e a un panorama sublime, e mi metto ad ascoltare. Capisco solo a tratti:

– L'importante quando osserviamo [...] è ritrovare l'armonia che abbiamo dentro di noi.

Gli adolescenti lo ascoltano con profonda attenzione. Traduco a Pep, che si esalta:

– Che insegnante fantastico!

Se c'è un paese che attribuisce ancora al *sensei* il posto che gli spetta, quello è il Giappone. Lì questo titolo è tuttora circonfuso di un prestigio assoluto. Al punto che è difficile tradurlo. Il *sensei* sta al professore come il monte Fuji sta alla vetta più alta del Belgio.

Nel recinto del tempio inizio la mia amica alle gioie del *kori* in una caffetteria: ghiaccio tritato – o grattato – insaporito con uno sciroppo a propria scelta. Suggerisco il *kori* al matcha. Ci portano due gigantesche coppe piene di granita imbevuta di tè da cerimonia zuccherato per l'occasione. Sembrano due miniature zen di montagne immaginarie. Il verde così particolare del matcha ci incanta mentre sgranocchiamo cucchiaiate di ghiaccio tritato.

– È squisito – sentenzia Pep.

– Non c’è niente di più rinfrescante.

Il caldo aumenta. Torniamo al *ryokan* per stenderci un’ora sul tatami. L’albergatrice ci chiede se desideriamo che stasera ci sia servita una cena tradizionale. Accettiamo.

All'altro capo della città andiamo a vedere quel gioiello che è il Ryōan-ji, il tempio zen per eccellenza. Non cercherò qui di descrivere ciò che è stato descritto tante volte. Il Ryōan-ji è l'apice dell'estetica *shibui*, termine che potremmo tradurre con "aspra". Questa asprezza ambisce all'invisibilità, allo scabro, a ciò che si inserisce nella natura senza essere appariscente. Portare una giacca da kimono marrone, mangiare un cachi allappante, bere il matcha in una ciotola senza il bordo liscio, invecchiare diventando rugosi come una corteccia, evitare i fronzoli e gli ornamenti sia nell'espressione che nelle azioni, questo significa seguire la via dello *shibui*: il massimo del buon gusto.

Meditare nel giardino del Ryōan-ji equivale a esplorare un'ipotesi di esistenza che forse non attueremo ma la cui semplice eventualità purifica l'anima. Potremmo infatti spogliarci del superfluo fino a raggiungere l'asprezza più rara di tutte, quella dello spirito: il vuoto, la cassa di risonanza ideale per sentire finalmente il mondo così com'è, senza imporgli il nostro tumulto interiore nel quale abbiamo la vanità di vedere dei pensieri. Dovremmo rastrellare il nostro vuoto come questo giardino.

Pep ha un'eccellente qualità di ammirazione. Si siede in riva a quel mare di ghiaia, contempla e tace. Apprezzo l'assenza di commenti fra noi. Al tramonto ci sono meno gite scolastiche, ma anche le poche classi che incontriamo stanno in silenzio.

Un'amica tedesca mi ha confidato di essersi messa a piangere nel vedere il Ryōan-ji. "Era semplicemente perfetto" ha aggiunto.

Rientriamo a piedi. È lontano, meglio così. Camminare per Kyoto al crepuscolo è tutt'altro che spiacevole. Il traffico è contenuto, nessuno ha l'aria di voler investire un pedone che viene da Parigi ad ammirare la città. Pep usa il suo iPhone per ritrovare la strada del *ryokan*.

Kyoto è una città di media grandezza, il che le valse l'inserimento nella lista americana delle possibili località su cui sperimentare le prime bombe atomiche nell'agosto del 1945. Il nome di Kyoto fu cancellato dall'elenco solo perché il segretario alla Guerra ci era stato in viaggio di nozze e si era potuto rendere conto dello splendore del posto. Dobbiamo quindi congratularci con il signor Stimson per non aver passato la luna di miele ad Acapulco.

Alla locanda ci servono la cena nella camera della mia amica. "Scorpacciata zen" è una contraddizione in termini? Brodo di orchidea, terrine di verdure di montagna, pesce crudo e cotto, ci sono tanti di quei cibi che non sappiamo dove puntare le bacchette.

Per tutto il pomeriggio il tempo è stato minaccioso, scoppia un temporale. Dalle finestre aperte entra l'odore della pioggia, che aggiunge al pasto un tocco ideale.

Mi congedo da Pep per andare a dormire. Stesa sul

futon, ascolto l'acquazzone. Provo una voluttà pari solo alla mia stanchezza.

Nel cuore della notte Pep irrompe nella mia camera.

– Sento dei rumori.

– Sono i tuoni, rimettiti a dormire.

– No, sono voci.

Pep ha la fobia del rumore notturno. Mezzo addormentata, arrivo nella camera della mia amica. Non sento niente.

– Stai mettendo in dubbio le mie parole? – ribatte.

– No di certo.

– Accompagnami alla reception.

Infagottate nei nostri *yukata*, scendiamo nella hall, dove l'albergatore svolge le funzioni di portiere di notte. È l'una del mattino. L'uomo riconosce quelle che lo avevano accusato di ospitare dei *bedbugs* e aggrotta la fronte, anche se non sa ancora cosa lo aspetta. Traduco le parole di Pep nel modo più diplomatico possibile.

– La mia amica sente dei rumori in camera. Qualcuno che parla a poca distanza.

– Non sono responsabile del comportamento del vicinato.

– La mia amica dice che viene dall'interno dell'albergo.

– I miei ospiti dormono tutti.

– La mia amica vorrebbe cambiare camera.

A ogni mia parola l'albergatore reagisce con un sussulto. Non sa quanto attenuo l'aggressività di Pep, le cui affermazioni sono una continua dichiarazione di guerra. Buon sangue non mente: mi cimento in un esercizio di alta diplomazia.

Con i nervi a fior di pelle l'uomo ci accompagna in una camera libera. Durante il tragitto Pep mi fa notare che lei ha occhi e orecchie:

– È evidente: quello che traduci a questo tizio non corrisponde a quello che io gli rinfaccio senza mezzi termini.

– Il giapponese è una lingua diversa – rispondo con aria innocente. – Per esempio 'razza di imbroglione' si traduce con l'equivalente di 'incredibile negoziatore'.

– Ecco, brava, trattami da idiota.

La nuova camera si rivela peggiore della precedente.

– Mi prende in giro! Non dormirò mai in questa topaia.

Affermazione che traduco così:

– La mia amica trovava più graziosa la camera che le aveva dato prima. Potrebbe, per favore, mostrarcene un'altra?

La scena si ripete altre due volte. L'albergatore a quel punto dichiara che non ci sono più camere libere.

– D'accordo – dice Pep. – Ci vestiamo, facciamo armi e bagagli e cambiamo albergo.

– È l'una e mezzo del mattino – protesto.

– E allora?

Mi metto qualcosa addosso ed eccoci per strada in piena notte a Kyoto. L'esperienza non manca di interesse. Incrociamo qualche geisha furtiva tutt'altro che folkloristica.

Troviamo degli alberghi in cui ci accolgono interdetti. In un paese in cui le buone maniere hanno la priorità assoluta, ci dicono che non è quella l'ora per registrarsi. La nostra insistenza rafforza il rifiuto.

Le due del mattino, la pioggia raddoppia di intensità, non mi sono mai sentita così derelitta. Per quanto tempo continueremo a vagare in questo modo per la Kyoto notturna, facendoci buttare fuori da ogni albergo?

Alla fine Pep dice:

– E va bene, missione fallita. Torniamo al *ryokan*.

Non oso cantare vittoria. Quando arriviamo, l'albergatore commenta in tono sarcastico:

– E così non avete trovato una camera in un altro albergo?

– Digli di andare a...

– Siamo liete di rivederla, caro signore.

Accompagno la mia amica nella sua prima camera. Tende l'orecchio:

– Il rumore è scomparso. Mettiamoci a letto e dormiamo.

Mi stendo sul mio tatami. Sono le due e trenta del mattino. Mi resta un'ora e mezzo per dormire. Mi giro e mi rigiro nel letto sfinita, il nervosismo ostacola il sonno. In Giappone il sole sorge più presto che altrove, finisco per adeguarmi. Il tè troppo forte cancella la stanchezza. Appena mi metto a scrivere il ricordo di quella strana notte si allontana.

Quando raggiungo Pep per la colazione giapponese, mi accorgo che la giovane cameriera le parla ormai con ostentata ammirazione. Vorrebbe imboccarla come una geisha. Traduco tutta una serie di giri di parole prima di capire la situazione: l'albergatore deve aver parlato con le sue dipendenti dicendo peste e corna di noi, soprattutto di quella che dava gli ordini. Non è inverosimile ipotizzare che quest'uomo sia molto impopolare tra le donne che lavorano al suo servizio. Probabilmente è stata la prima volta che qualcuno gli si è rivolto con insolenza. Se si aggiunge che Pep è una donna straniera che dimostra appena trent'anni, è facile immaginare il furore del despota. E di conseguenza l'esultanza delle dipendenti.

Lo spiego alla mia amica che se ne rallegra commentando:

– Ben gli sta, rincarerò la dose quando lo rivedrò.

Tale circostanza non si sarebbe più verificata, se non in un'unica occasione. Evidentemente il tizio aveva chiesto di essere avvertito ogni volta che le due "francesi" si dirigevano verso la reception, perché non abbiamo più avuto a che fare con lui, ma solo con giovani donne che idolatravano Pep.

Ha smesso di piovere, il tempo ora è perfetto, bello e mite. Andiamo a visitare il Nijō-Jō, l'antico palazzo imperiale. La qualità di ammirazione di Pep mi colpisce ancora una volta. Resta immobile, estasiata, davanti ai dipinti e si lascia pervadere dal loro splendore fino ad andare in trance. A questo ritmo la visita del palazzo dura due ore e mezzo.

Il pavimento del Nijō-Jō emette il famoso canto dell'usignolo, che in realtà assomiglia più al frinire delle cicale. In ogni caso questo suono singolare suscitato dai nostri passi partecipa alla magia del castello.

Saltiamo su un taxi.

– Al Padiglione d'oro, per piacere.

La mia amica sembra volare ormai abbastanza alto per essere in grado di apprezzarlo. Alla vista del Kinkaku-ji comincia a tremare.

– Il monaco del libro di Mishima ha ragione – dice. – Bisogna dargli fuoco.

Se non sbaglio è la sesta volta nella mia vita che contemplo il Padiglione d'oro. Rivederlo in compagnia di Pep in estasi amplifica l'effetto. Sperimento il *contact high*: siamo in due a voler incendiare il tempio, vinte da quell'eccesso di bellezza.

Tra l'altro il romanzo di Mishima è come una parola

d'ordine tra lei e me. Per entrambe *Il Padiglione d'oro* è stato in un certo senso una bibbia. Io l'ho letto a tredici anni, Pep a ventitré, e ci avevamo visto entrambe un libretto di istruzioni per il sublime. La piromania ci era sembrata giustificabile.

Dalla prospettiva da cui lo osserviamo, il Kinkaku-ji fiammeggia al sole. Il suo splendore è una provocazione. Limitarsi a contemplarlo è umiliante. Vorresti partecipare, e siccome non puoi, lo distruggi. "Per odio della bellezza" precisa Mishima. Tutto fuorché restare tiepidi.

Appollaiata in cima, la fenice d'oro si slancia, sempre secondo Mishima, attraverso il tempo. Il tempio ha dimostrato tutto il suo valore. Distrutto dal fuoco negli anni '50, è stato ricostruito con lo stesso metodo, il che rappresenta in Giappone l'unica eternità degna di nota. L'incendio appare ormai come un incidente di cui non vale neanche la pena parlare.

Pep fotografa il Padiglione d'oro con il telefono.

– Fatto da me, è un vero e proprio crimine professionale – dice.

Capisco. A ciascuno il suo fuoco. Non per questo è meno estasiata. Sarebbe insensato interrompere una simile sindrome di Stendhal. Per continuare la festa porto la mia amica a vedere il Padiglione d'argento.

La reazione di entrambe è ancora più viva e aumenta man mano di intensità. Non ci accorgiamo neanche più di tremare e battere i denti. Le pupille dilatate attirerebbero su di noi dei sospetti se un simile atteggiamento non rientrasse nell'assoluta normalità.

– Non sarò mai più come prima – dice ancora Pep.

All'uscita dal recinto scorgo l'inizio del sentiero della Filosofia. L'indicazione è solo in giapponese, il che dimostra che nessuno ha pensato a facilitare la visita agli stranieri.

L'ultima volta che ho percorso il sentiero della Filosofia è stato nell'agosto del 1989, con mio padre. Il caldo era così asfissiante che avevamo più sudato che filosofeggiato. Maggio 2023, primavera deliziosa: io e la mia amica ci inoltriamo lungo il famoso sentiero in preda alla gioia suprema. Non è forse quello l'esito ultimo della filosofia?

Ormai siamo fuori dal tempo, camminiamo lungo il canale da sempre. Quando arriviamo alla fine del sentiero, adottiamo senza pensarci l'unico atteggiamento filosofico possibile: continuiamo a camminare in una direzione qualsiasi. Siamo a Kyoto e camminiamo. Non abbiamo bisogno d'altro. Ci lasciamo guidare dalle viuzze, la città dispone di uno spazio abbastanza ampio da permettere di perdersi *ad libitum*.

D'istinto le nostre gambe scelgono la periferia più che il centro. Incontriamo uno zoo.

– Lo zoo di Kyoto. Non sapevo nemmeno della sua esistenza – dico.

Ci andiamo. È uno zoo come tanti. Non ha niente di particolarmente brutto. È deprimente come uno zoo. La nostra esaltazione crolla.

Spiego a Pep che non è grave, che la gioia a volte ci fa precipitare nel baratro: non ci resteremo a lungo. La mia amica si incaponisce in questo stato di prostrazione: uno zoo a Kyoto, e perché non un bunker a Venezia?

La trascino verso l'uscita. Pep non si dà pace. Cerco di cambiare argomento. Impossibile. La rabbia prende piede più facilmente dell'estasi: arriviamo al *ryokan*. L'albergatore ci saluta con cortesia eccessiva, ricambio con la stessa moneta, tanto per essere in sintonia.

– Questo tizio ha una faccia da guardiano dello zoo – dice Pep.

Per distrarci propongo di andare ai bagni pubblici.

– Che cos'hai contro la vasca da bagno della tua camera?

– Niente. Era per cambiare.

– Non abbiamo mangiato a pranzo. Io ho fame.

Conosco la richiesta. Non va trascurata. Quando la mia amica ha fame il suo malumore può diventare pericoloso. Ci rimettiamo in marcia alla ricerca di un posto dove cenare.

– Che te ne pare di questa *sobaya*?

– C'è di meglio, no?

– Guarda quel ristorante, sembra invitante.

– Ti accontenti di poco.

È un circolo vizioso: più Pep ha fame, più vede tutto nero, e meno la convincono i menu. Così ci mettiamo un secolo per non accontentarla. Due ore dopo accetta di sedersi a mangiare in una trattoria qualunque dove ci servono una zuppa di udon.

– Niente di che – dice lei mangiando a quattro palmenti.

Placata la fame, ognuna si ritira nella sua camera. Mi metto a dormire senza pensarci due volte.

Miracolo mattutino. Il sonno ha cancellato ogni traccia dell'accaduto, il futuro ci dà di nuovo carta bianca. Prendiamo il treno regionale per Nara.

Penso che nessuno ci tenga davvero ad avere informazioni su Nara attraverso questi miei appunti, per cui mi risparmio le considerazioni di rito. Pep è talmente entusiasta alla vista dei celebri daini da dimenticare lo zoo del giorno prima. Con un tempo ideale saliamo verso il Tōdai-ji. Non ricordavo quanto fosse immenso.

Pep si rivela straordinaria nel fare da cassa di risonanza. Vibra come i tamburi locali, rifrange l'onda d'urto amplificandola di mille volte. Osservo il Tōdai-ji attraverso la lente delle sue emozioni. Insieme formiamo un acceleratore d'estasi di spaventosa efficacia.

Il tempio si inerpica lungo i contrafforti della montagna, noi ci eleviamo con lui. L'ascesa ci nobilita, ci rivolgiamo confidenzialmente alle divinità, che ci rispondono di buon grado. Più scale saliamo, più abbiamo voglia di salirne.

Raggiunte le più alte diramazioni del Tōdai-ji ci fermiamo. La vista ci toglie il fiato. Nara, altre montagne. Ci sediamo a bere un tè. È tutto perfetto.

– Vorrei restare qui per sempre.

Restiamo qui per sempre. Perché andare altrove? La

campana del tempio rintocca, me la sento risuonare in ogni singola costola.

Cosa è più arrogante, dire noi o dire io? Attribuire un sentimento a qualcuno, soprattutto a sé stessi, non è forse una mancanza di ritegno?

In momenti come questo rimpiango di non fumare. Mi sembra che farlo mi consentirebbe una forma di presenza più intensa. Meglio così, in ogni caso, visto che è vietato. *Tabako ō suwanai*, si legge costantemente: "Non inalate tabacco." Avviso agli inalatori di sigarette.

Neanche Pep fuma. Abbiamo in comune l'asma, moderata nel mio caso, tremenda nel suo. Per Pep un tiro di sigaretta equivarrebbe a un tentativo di suicidio.

Ma qui l'aria è pura e respiriamo a pieni polmoni. Iperventilare: il più accessibile dei sistemi di alterazione della coscienza. Più mi riempio di ossigeno, più il nostro promontorio mi appare come il luogo assoluto.

– Vorrei restare qui per sempre.

Quando non sai più se a parlare sei tu o l'altro – o nessuno – è un ottimo segno. Succede qualcosa che è un po' come un'epifania.

Rovescio la testa all'indietro e mi godo un pezzetto di cielo.

– Muoviamoci – dice Pep.

Com'è sicura di sé! Ha ragione, l'epifania persiste anche mentre camminiamo. Scendere i gradini in fretta non è così facile, la scala è un esercizio zen che insegna il giusto controllo dei piedi.

Nara è una cittadina di provincia. L'ora di pranzo è ormai passata. Un cuoco ci propone comunque una ciotola di riso e un uovo crudo. Accetto con un urlo di gioia, mi rendo conto che quello è il pasto dei miei sogni. Pep mi guarda disgustata rompere l'uovo e mescolarlo al riso bollente con le bacchette. L'ultima volta che ho potuto assaporare questa prelibatezza avevo cinque anni. Mi piace ancora come allora, emetto un gemito di delizia.

– Ti accontenti di poco – osserva la mia amica.

– Non direi.

Il cuoco ha la tipica faccia della gente del Kansai. Mi guarda mangiare con aria di approvazione. Avrei voglia di riempirgli di baci le guance paffute.

Andiamo a visitare il tempio delle campane. Il mio cervello diventa non verbale, non memorizzo il nome. Eppure, nel rivederlo, me ne ricordo come se ci fossi stata il giorno prima. Il famoso viaggio dell'agosto 1989 con mio padre, che lo definiva un nostro pellegrinaggio.

Come si evince da questa definizione, nel 1989 eravamo sulle orme del 1972: era una spedizione dedicata alla nostalgia, virtù cardinale di mio padre, che io ho ereditato al cento per cento. Se già il 1989 perseguiva uno scopo così intimo, come evitare che il 2023 cerchi le tracce del 1989 oltre a quelle del 1972?

Ho le vertigini all'idea di aver vissuto tanto a lungo. Quelle date sono così lontane. Già nel 1972, dando la mano a mio padre, avevo visitato il tempio delle campane. Era quello l'archetipo del viaggio. Peggio: me lo ricordavo. E cosa ancor più grave: già nel 1972 ero in preda alla nostalgia, non di una visita precedente, ma del presente di allora. Avevo cinque anni e sapevo che avrei lasciato il Giappone, prospettiva per la quale avevo già il cuore spezzato. E anche mio padre. Io e lui avevamo inventato la nostalgia preventiva: idea romanticamente funesta, vaccino attivante, che si limitava ad ampliare nell'anima la regione riservata alla nostalgia retrospettiva.

Papà, qual è il nostro problema? E perché me l'hai trasmesso? Cosa dovrei farne di queste emozioni insidiose? Se almeno sapessi quanto tempo durerà questa sofferenza!

Per sopportarne l'idea, prendo l'unica decisione possibile: il tempo non esiste. Il tempio delle campane ne è la prova: non è cambiato di una virgola rispetto a com'era nel 1972 e nel 1989. Conseguenza logica: neanche io sono cambiata. Per l'esattezza mi riconosco di più in quella del 1972 che in quella del 1989. Paragonarmi a una giovane donna di ventidue anni mi sembra più assurdo che identificarmi con la bimba piccola. Quest'ultima è insediata stabilmente nel profondo di me stessa.

Quindi ho cinque anni e scopro il tempio delle campane, a Nara, nel 2023, con la mia amica Pep Beni. Funziona, lei non si accorge della mia metamorfosi, fotografa con l'iPhone i deambulatori del chiostro buddista.

Istintivamente le do la mano.

– Che ti prende?

La sua reazione mi richiama all'ordine. Devo comportarmi da persona adulta. Come procedere? Fare un commento stupido. Detto fatto:

– Bello, vero?

Poi mi giro e continuo a esplorare il mio passato incastonato nel tempio. La mia osservazione era idiota e tuttavia esatta, rispondo a me stessa.

– Sì, davvero bello.

Se vivrò ancora a lungo, non è escluso che un giorno torni a Nara, aggiungendo un'ulteriore sfoglia al vol-au-vent della mia nostalgia.

Continuiamo ad ammirare il posto per qualche ora, poi le gambe ci riportano verso la stazione. Reprimo un moto di orgoglio: non ho mostrato alla mia amica i picchi di nostalgia che ho raggiunto. Dev'essere in parte per questo che lei è tanto soddisfatta dell'escursione.

Nel treno Pep mi dice:

– Grazie, sei stata una brava guida. Lo conosci a menadito il Kansai.

Che gran complimento! E solo perché sono riuscita a nascondere le lacrime e sono rimasta in silenzio quasi ininterrottamente!

– Mi sembra di non averti detto proprio niente.

– Il tuo silenzio era estremamente preciso e istruttivo.

Tornate a Kyoto, passiamo la nostra ultima sera nel Kansai nel quartiere di Gion. Le geishe, che due giorni prima avevamo sorpreso all'una del mattino, sono meno affascinanti alle otto di sera. Salutiamo il nostro airone fedelmente appollaiato al suo posto. Ceniamo con una tempura enciclopedica: ogni fiore è un pretesto per una nuova frittura.

Il giorno dopo ci congediamo dal *ryokan*. Pep viene salutata come un generale vittorioso: le giovani dipendenti della locanda le si inchinano davanti, le offrono doni, mi pregano di tradurre frasi squisite. L'albergatore non si fa vedere. Quando il taxi ci porta via, le ammiratrici della mia amica restano inchinate finché non usciamo dal loro campo visivo.

Nello Shinkansen per Tokyo mi è capitato un episodio ridicolo: ho perso il biglietto. Invano svuoto la borsa, impossibile trovarlo. Mi resta la ricevuta del pagamento effettuato con la carta, la faccio vedere al controllore per dimostrare la mia buona fede. Non la mette in dubbio ma mi spiega che arrivata a Tokyo mi dovrò presentare alle autorità. Le autorità della stazione di Tokyo: già sentirle nominare mi terrorizza.

– È per via del macchinario – precisa il controllore.

Il terrore aumenta. Immagino un macchinario che fa a pezzi chi viaggia senza biglietto. Siccome dal giorno prima ho cinque anni, scoppio in singhiozzi.

Il controllore mi manda il suo omologo femminile, nella speranza che la dolcezza di una donna possa placare quelle lacrime tanto imbarazzanti. Gli altri passeggeri sono costernati. Pep mi prende in giro:

– Piangere per un biglietto!

La controllora accorre e comincia a parlarmi con gentilezza materna. Il discorso, benché pronunciato con voce suadente, è comunque intimidatorio. I singhiozzi raddoppiano e la bambina di cinque anni non pensa ad asciugarsi le lacrime né a soffiarsi il naso. Disgustata, alla fine l'amabile impiegata dello Shinkansen mi chiede se non ho un onorevole fazzoletto.

Tiro fuori dalla borsa un pacchetto di kleenex, ne prendo uno: miracolo! Il biglietto del treno era andato a infilarsi tra due fazzolettini. Infida perversità delle cose.

Caccio un urlo di gioia brandendo il biglietto, la controllora si congratula con me, con l'aria di chi ha a che fare con una bambina ritardata. Il dramma è concluso, ci manca poco che non mi dia uno sticker di Hello Kitty come consolazione finale.

Arriviamo a Tokyo e capisco a quale dramma sono scampata. Per uscire dal binario dello Shinkansen bisogna inserire il biglietto in un tornello da cui altrimenti non si può passare in nessun modo. Traduco il nome del dispositivo con "tornello", che da noi indica una barriera girevole relativamente facile da scavalcare saltando o arrampicandosi. Qui non solo sarebbe impossibile, ma soprattutto è una cosa che non si fa. Infrangere la legge equivarrebbe ad andarsene a passeggio completamente nudi, nessuno avrebbe una simile audacia. Insomma, se non avessi ritrovato il biglietto, mi sarei dovuta mettere a discutere con le autorità della stazione, il che avrebbe significato non solo pagare una multa o un supplemento, ma in più umiliarsi per aver contravvenuto all'obbligo primario: essere in regola.

Non è certo la prima volta che viaggio sullo Shinkansen. Se non avevo mai notato prima d'ora il fatale tornello – troviamogli un nome più adeguato: il portale della morte – è perché non avevo mai perso il biglietto e lo avevo consegnato senza pensarci all'automa, unica entità abilitata a concedervi l'accesso al territorio di Tokyo.

Qualcosa mi dice che perdere il biglietto nell'altro senso sarebbe meno grave: a Nagoya, a Kyoto, a Osaka il capostazione vi farebbe un verbale un po' come da noi. A Tokyo invece bisogna spiegarsi davanti a un apparato di dimensioni proporzionali all'agglomerato urbano (quarantadue milioni di abitanti).

"Cominciamo bene" mi dico. Pep ha prenotato un albergo a Ginza. Conosco Ginza, è la strada più celebre di Tokyo, ma non ho più la minima idea di dove si trovi. Prendiamo un taxi e, quando diamo l'indirizzo, leggo nello sguardo del tassista la convinzione di avere a che fare con delle turiste sprovvedute. Quattrocento metri più in là si ferma.

– Ti eri dimenticata che Ginza è accanto alla stazione di Tokyo? – osserva Pep.

– Già – dico stoicamente.

L'albergo è il contrario del *ryokan* di Kyoto: un alto edificio moderno. Le nostre camere sono dei cubi al diciannovesimo piano, con vista sulla città. Lasciamo in fretta e furia la nostra roba e corriamo a passeggiare per Ginza. Pep esulta:

– Tokyo!

La capisco. Per chi è appena arrivato, Ginza corrisponde esattamente all'idea che ci si può fare di questa megalopoli. Mi guardo bene dal dirle che, se la confronto al mio ricordo del 1989, Ginza ormai assomiglia un po' alla Fifth Avenue di New York. La cosa che più mi stupisce è di avere un ricordo del 1989: prendo a poco a poco coscienza di un fenomeno mnemonico molto fastidioso.

Ho abitato a Tokyo dai ventuno ai ventitré anni. Ci ho vissuto avvenimenti fondamentali come la prima relazione amorosa importante e la prima esperienza professionale. Due libri dimostrano quanto mi abbiano segnata quegli anni della giovinezza. E non sono solo ricordi affidati alla scrittura, sono ricordi con cui faccio i conti quotidianamente.

Ora sono di nuovo a Tokyo e scopro l'inefficacia della mia memoria. Per esempio, se volessi ritrovare l'indirizzo dove ho vissuto nel 1989, non ne sarei capace. Ricordo perfettamente il posto e i suoi dintorni, ma non ho la minima idea di dove potrebbe trovarsi. A sud, a est? Più grave di una mancanza di senso dell'orientamento, i miei ricordi di Tokyo mancano di concretezza: il mio corpo non ne conserva traccia. Dovrò fare da guida a Pep in una città divenuta per me pura teoria. E naturalmente è impensabile spiegarle il problema. Ne dedurrebbe che la prendo in giro o che sono una bugiarda, che non ho mai abitato qui.

Il verbo "abitare" ha come etimologia il frequentativo del verbo "avere" in latino: avere a lungo corrisponde ad abitare. Ho avuto a lungo Tokyo, e questo possesso è scomparso. Sono stata spossessata di questa megalopoli e comincio solo ora a valutare gli effetti di una simile amputazione.

Potrebbe essere per via della regressione all'età di cinque anni? Il Kansai mi ha restituito la mia prima infanzia in modo così potente da sottrarmi il resto. A quell'età ero una piccola provinciale, Tokyo mi era estranea. Non si può escludere che la spiegazione sia questa.

Non ho il tempo di riflettere, sono nel vivo dell'azione. Dopo una lunga passeggiata a Ginza, Pep vuole andare a rinfrescarsi in camera. La tregua mi sembra propizia, approvo con entusiasmo. Sono appena uscita dalla doccia quando sento tamburellare alla porta.

– Non posso restare, ci sono gli acari, un altro minuto qui e muoio.

In effetti ha la faccia stravolta e avverte, in fondo alla gola, il segno di un folgorante inizio di allergia. Mi infilo le scarpe all'istante e scendiamo alla reception. Persone gentilissime le giurano che, seguendo le sue istruzioni, le hanno assegnato la camera più nuova e pulita dell'albergo. Non c'è dubbio che dicano la verità, ma le finestre delle camere possono essere aperte solo di uno spiraglio e di conseguenza, per mancanza di aerazione, il posto è insalubre per un'inguaribile asmatica come Pep.

Scatta lo stato di emergenza. Dove andare? Come trovare un altro albergo, un albergo adatto per giunta, un giovedì verso le quattro del pomeriggio? Propongo di tornare a Kyoto nella speranza che il *ryokan* ci accolga di nuovo.

– Voglio visitare Tokyo – protesta Pep.

Telefona al nostro contatto locale, l'eccellente Alice, che abita a Tokyo da due anni con il marito e il figlio. Miracolo: Alice si offre subito di ospitare la nostra amica.

Il palazzo ultramoderno in cui vive, molto aerato, non dovrebbe creare problemi a una persona allergica. Propongo di prendere un taxi, ma lei ci dice che con la metropolitana faremo molto prima. Per spiegarci l'itinerario, chiede a Pep di parlare con me:

– È facilissimo. Prendete la Yūrakuchō-sen fino a Ikebukuro, poi...

Panico. Per due anni, da giovane, ho preso la metropolitana di Tokyo almeno quattro volte al giorno. Sì, ma era trentaquattro anni fa. Rispondo di sì con aria disinvolta, per non far capire ad Alice che quello che dice per me è arabo, e concludo con un comico:

– Arriviamo.

È soprattutto a Pep che nascondo lo stato confusionale in cui sono. La poverina ha ancora la gola gonfia per quell'inizio di allergia, non voglio seccarla con le complicazioni del mio cervello. Ricordo che nel 1989 non avevo la carta di credito. Inserivo gli yen in un'apposita macchinetta che in cambio mi consegnava un biglietto. Questo buon vecchio sistema mi mancherà, ne sono sicura. Scendiamo nella metropolitana e mi tengo lontana dall'apposita macchinetta divenuta irriconoscibile. Mi rivolgo al bigliettaio e gli chiedo due biglietti per la periferia dove abita Alice. L'uomo sa che non si tratta di una destinazione turistica e mi suggerisce di comprare invece due abbonamenti.

– Ottima idea – gli dico porgendogli la carta di credito, che lui respinge terrorizzato come se avessi cercato di corromperlo.

Mi indica l'apparecchio in cui inserirla.

Scendiamo sul binario della linea Yūrakuchō, dove Pep si lascia sfuggire un'imprecazione per lo stupore:

– È pulitissimo e le persone aspettano educatamente in fila nel punto in cui si apriranno le porte del treno. Mi sembra di sognare!

Una volta salite sulla metropolitana, la mia amica non riesce più a frenare la sorpresa.

– È l'ora di punta e nessuno spintona nessuno, nessuno tocca nessuno, le persone cedono i posti a sedere ai vecchi e alle donne incinte: non ho parole!

Capisco la sua meraviglia ma quello che vivo io è molto più incredibile. La linea Yūrakuchō era una di quelle che prendevo quotidianamente e il nome di ogni fermata suscita in me un'emozione soprannaturale. Cerco di spiegare a Pep che, se avessi vissuto a Parigi più di trent'anni fa, prendere la metropolitana e leggere i nomi di fermate abituali come Vavin o Raspail mi turberebbe profondamente.

– Per questo allora hai le lacrime agli occhi? – risponde lei senza pietà.

Concludo che farò meglio a tenere per me i miei sentimenti, contenta peraltro di avere ricordi così concreti. Eppure, benché mi sforzi di scavare nella memoria, queste esplosioni di sensibilità legate ai nomi delle fermate non mi aiutano minimamente a ricordare come muovermi e tanto meno come fare da guida a Pep in una città labirintica.

Alice abita a Nerima, dove nel 1989 la metropolitana non arrivava. All'epoca questa cittadina non faceva neanche parte della periferia. Solo recentemente è stata inglobata nella grande Tokyo.

La nostra amica ci aspetta alla fermata e noi corriamo ad abbracciarla.

– Mi hai salvato la vita – dichiara Pep.

– Aspetta di esserti assicurata che l'appartamento vada bene – risponde con prudenza Alice.

Ci guida attraverso un'affascinante cittadina giapponese il cui emblema è il *daikon*, il ravanello bianco gigante. Ne vendono in ogni chiosco. Dopo sette minuti di cammino arriviamo davanti al palazzo di Alice. Saliamo al primo piano ed entriamo. La suspense è alle stelle.

– Qui metterò il tuo letto se non ti verrà l'allergia. Quanto tempo ci vuole per sapere se avrai una crisi?

– Cinque minuti – risponde Pep.

Per trecento secondi restiamo in piedi, immobili, aspettando gli eventuali sintomi. La gola di Pep si sta gonfiando? Le manca il respiro? Le cola il naso? Cerco di elaborare un piano B per questa catastrofica evenienza. Perlustrare Tokyo alla ricerca di una camera salubre mi sembra una missione impossibile. Ci sarebbero soltanto due soluzioni: il treno per Kyoto o l'aereo per Parigi.

– Alla grande – sentenzia Pep. – Non ci sono acari a casa tua.

Tiriamo un sospiro di sollievo. Alice, decisamente la persona più squisita del pianeta, si gira verso di me:

– Mi dispiace, Amélie, non ho posto per ospitarla.

– Ma io non ho allergie, torno in albergo. Ci diamo del tu?

– Resta a cena da noi però! Mio marito e mio figlio sono andati a fare la spesa.

Fantastico! Gérald e Abel, sedici anni, tornano con birra giapponese e *daikon*. Mangiamo e beviamo in allegria. La scorpacciata di *daikon* provoca certi rutti spaventosamente rumorosi. È una serata deliziosa.

– Avrete sicuramente un sacco di cose in programma – dice Alice.

– Al contrario – dico io. – E ho l'impressione di non ricordare nulla.

– Sarei felicissima di farvi da guida a Tokyo – suggerisce Alice.

Approvo con entusiasmo. Dopo aver salvato Pep, ora salva me.

Verso le dieci e mezzo mi congedo e torno alla stazione di Nerima. Dopo un'ora di tragitto arrivo all'albergo di Ginza. Dalla finestra della camera vedo Tokyo e le sue luci tentacolari. Che m'importa del mio problema di memoria! Sono pazza di gioia di essere qua.

A Parigi mi ero riproposta di rileggere *Controcorrente* di Huysmans durante il viaggio a Tokyo. Sentivo il bisogno di riscoprire questo capolavoro letto a diciotto anni al culmine dell'esaltazione. Per ragioni difficili da analizzare Tokyo mi era sembrata il luogo ideale per questa rimpatriata letteraria.

Ieri era il 24 maggio. Mio padre avrebbe compiuto ottantasette anni. Tiro fuori dalla valigia *Controcorrente*, mi stendo sul letto e comincio solennemente la rilettura.

Ben più che leggere, rileggere è un atto d'amore. Correre il rischio di rimettere alla prova un colpo di fulmine, quando si tratta di un atto così intimo come la possessione letteraria, è una follia. Per fortuna l'incantesimo ha luogo fin dalle prime pagine. Non è irrilevante riappropriarsi di questo piacere a Tokyo. Il panorama ultramoderno che si vede dalla mia camera apporta allo stile di Huysmans un tocco delizioso.

A diciotto anni non conoscevo affatto la Francia, per questo il libro mi era sembrato ancora più misterioso. Ora mi rendo conto che il luogo di ritiro di Des Esseintes si trova a Fontenay-aux-Roses, particolare che mi sembra piuttosto comico. Il suo incredibile palazzo alla fine forse altro non è che una casetta di periferia. Fra l'altro avevo dimenticato la scena del dentista, che mi traumatizza.

Svegliarsi a Tokyo fa il suo effetto. Il contrasto con Kyoto è enorme: per quattro mattine di fila ero tornata alla coscienza in un odore di tatami e in un silenzio insolito. Ridestarsi a Tokyo significa sentirsi subito percorsi da una pulsazione di energia ritmata da un ronzio urbano ininterrotto.

Siccome a Tokyo lo spazio è poco, nella camera non c'è un posto per scrivere. Dunque scrivo a letto. Non è l'ideale ma funziona. Distesa in posizione da prelato romano, compongo la mia partitura, rannicchiata sotto il piumone. Il contrasto fra ciò che scrivo e le condizioni in cui lo scrivo, le quali non mi influenzano più di tanto, non mi dispiace. Dopo tanti anni ho dovuto imparare a essere una creatrice no-limits, ho scritto in aereo, a volte persino in autobus. Nel caso specifico adattarsi all'ambiente corrisponde a estraniarsene.

Alle nove del mattino Alice e Pep vengono a prendermi alla reception.

– Dove vuoi andare? – interroga Alice.

– Ti do carta bianca – dico per nascondere che non ne ho la minima idea.

È la risposta giusta. Alice ha preparato un itinerario. Questa donna, che risiede a Tokyo da due anni, ha una conoscenza della città così profonda da far pensare che abbia passato tutto il tempo a esplorarla. Si propone di iniziare Pep all'universo tokyota e di far rituffare Amélie in ciò che si presume conosca già: ci porta a Harajuku, che brulica di giovani eccentrici proprio come in quella che chiamo "la mia epoca".

– Smettila di dire così – mi rimprovera Pep. – Sembra di parlare con un'ultracentenaria.

Esploriamo il quartiere fino al più remoto negozietto di abiti usati: i costumi da geisha gotica o da punk kawaii non hanno più segreti per noi.

Cerco di trovare rassicurante il fatto di ricordarmi così bene di Harajuku. Non lo è. Se non ci fosse stata Alice, avrei preso l'iniziativa, in fondo scontata, di cominciare la visita di Tokyo da Harajuku? Non ci giurerei. E, ammesso che ci avessi pensato, sarei stata capace di arrivarci in metropolitana? No. Quando cerco di riappropriarmi di Tokyo, la mia memoria si scontra con una colossale indeterminatezza spaziale. I ricordi privi di collocazione appartengono all'ordine del perturbante.

– Siamo vicinissime al Meiji-jingū – dice Alice. – Amélie, hai voglia di rivederlo?

– Non ci sono mai stata.

Alice mi guarda con un'espressione di indicibile perplessità. Aggravo ulteriormente la mia posizione:

– Non ci ho mai pensato.

È chiaro, è come se uno passasse due anni a Parigi senza neanche pensare di vedere il Louvre o le Tuileries. Eppure no, non sono quel tipo di persona. Allora come mai questa omissione? Non ne ho idea.

Pep ride sotto i baffi e dice ad Alice che evidentemente

la mia conoscenza di Tokyo è quella di una bambina di quattro anni. Ahimè, è falso. Il mio Kansai era quello di una bimba e i ricordi erano efficaci. A Tokyo, *tabula rasa.*

Così vedo per la prima volta il Meiji-jing insieme a Pep e cado dalle nuvole: come ho potuto vivere per tanto tempo in questa città privandomi di un simile splendore? Il parco si apre con una sorta di lunga galleria formata da alberi grandiosi, così fitti da occultare il cielo, e i profumi delle cryptomerie mi danno alla testa. Il santuario Meiji è venerabile alla maniera giapponese, di gran classe, non ha niente di troppo appariscente, puoi abbandonarti all'estasi senza temere di oltrepassare il limite.

Impietosa, Pep mi stuzzica:

– Si può sapere perché non ci sei mai venuta? Eppure è un parco per innamorati, forse preferivi i luoghi chiusi...

Non ho niente da risponderle, ma posso ipotizzare un ragionamento plausibile: all'epoca ero venuta a Tokyo per non andarmene più. Avevo intenzione di restarci a vivere. Mi consideravo a tal punto una tokyota da disprezzare le visite turistiche. I veri parigini non salgono sulla Tour Eiffel.

La confusione non mi impedisce di ammirare profondamente una simile magnificenza. Tremo per l'emozione, ho le lacrime agli occhi.

– Ecco, ora si mette a piangere – si irrita Pep. – Ti avevo chiesto di evitare!

– Quello che ti dà fastidio è la nostalgia. Stavolta è diverso, visto che non conoscevo questo posto. Piango di ammirazione.

Alice ride del nostro battibecco. Ci porta a pranzare a Omotesandō. Le indico il caffè dove andavo ogni domenica con mio padre. Noi avevamo i nostri circuiti, apprezzo che Alice li riattivi.

– Allora ti ricordi? – chiede Alice.

Sì e no. Ricordo le emozioni, le parole, gli odori. Tra ognuna di queste cose però c'è il vuoto. I miei ricordi sono troppo frammentati per costituire una geografia. Per esempio non mi ero resa conto che Harajuku è vicina a Omotesandō.

– Non conosco miglior sistema mnemonico della voce di mio padre. Basta che abbia pronunciato una parola un'unica volta in qualsiasi lingua perché rimanga impressa in me in eterno. È un fenomeno tipico della prima infanzia che, nel mio caso, si è protratto per sempre. Nel 1989, quando ho dovuto reimparare il giapponese, ho fatto in modo di assistere alle conferenze o agli eventi che organizzava a Tokyo: ogni discorso che pronunciava in giapponese arricchiva il mio disco rigido di centinaia di vocaboli e di centinaia di espressioni.

– Valeva anche con i suoi spettacoli *nō*? – si incuriosisce Alice.

– Un po' meno. Il giapponese medioevale è più difficile. E poi, come nella nostra opera, la complessità del canto tende a rendere le parole incomprensibili.

Pep mi suggerisce di imitare mio padre che cantava il *nō*. Obbedisco. Nel ristorante mi guardano con aria perplessa. Meglio smettere.

All'ingresso di una mostra dedicata ai gatti nell'arte nipponica, in un piccolo museo adiacente, un cartello avvisa che durante la visita è vietato parlare.

– Perché? – chiede Pep.

– È una regola presente nella quasi totalità dei musei di Tokyo – dice Alice. – Pensano che il silenzio sia indispensabile alla contemplazione.

– Questo permette di risparmiarsi tutti i luoghi comuni e le stupidaggini che ci tocca sentire nelle nostre pinacoteche – dico io.

Il gatto nell'arte giapponese: l'equivalente dell'uccello nell'arte maya o del toro nell'arte cretese. Le opere esposte sono stupende e buffe. Pep esulta e viene continuamente a sussurrarmi all'orecchio i suoi commenti di bassa lega.

Dopo una mezz'ora arriva un guardiano e ammonisce Pep mostrandole il cartello con il divieto di parlare che si è portato dietro. La sua espressione corrucciata dice il resto.

– Cosa? Ma io sto sussurrando – risponde aspramente Pep.

Ha parlato ad alta voce. L'addetto sembra sul punto di avere un colpo apoplettico e strabuzza gli occhi. Alice fa un gesto conciliante e portandosi l'indice alle labbra segnala alla nostra amica che è importante rispettare la regola. Il seguito della visita si svolge in un'atmosfera di burrasca. Conosco Pep e immagino la bufera che infuria nella sua testa. Come previsto, all'uscita del museo esplode:

– Odio questa loro regola idiota! E tu perché non mi

hai difesa? Perché non hai detto a quel tipo che io stavo sussurrando e non parlando?

– Perché non sarebbe servito a niente. I giapponesi sono iperformali. Per loro sussurrare è parlare. Il regolamento è il regolamento.

– L'intervento di Amélie avrebbe solo peggiorato la situazione – conferma Alice.

– Ma sussurrare non disturba nessuno – insiste Pep. – Condividere le proprie emozioni nel momento in cui le si vive è indispensabile.

– Sono d'accordo – dice Alice. – I giapponesi vorrebbero che uno aspettasse di essere fuori per commentare.

– Così si perde tutto il bello!

Pep ha talmente idealizzato questo popolo che le è molto difficile accettare i suoi lati negativi. Quasi tutti gli stranieri che approdano nel paese del Sol Levante attraversano questa fase. Ne conosco molti che la prendono male e passano bruscamente da un estremo all'altro: dopo aver idolatrato l'Impero, cominciano a odiarlo per un motivo di poco conto. So che Pep saprà evitare questo scoglio.

Alice rappresenta una fantastica smentita alla tesi appena enunciata. Ci racconta del suo arrivo in Giappone in pieno periodo COVID. Le autorità non si erano limitate a confinare i tre immigrati in una quarantena spaventosamente severa, avevano preteso che il figlio, allora quattordicenne, fosse separato dai genitori. Il marito aveva dovuto fare il diavolo a quattro per evitare questo dramma.

– E dopo un'accoglienza del genere sei comunque riuscita ad amare questo paese? – chiede Pep.

– Ah sì. Come non innamorarsi di tanta bellezza? E le persone, se si escludono questi soggetti di un'inflessibilità caricaturale, sono meravigliose. Mi piacerebbe presentarti i miei amici di qui. Sono di una dolcezza, di un'amabilità, di una classe...

– Sembra il tuo ritratto – dico io.

Alice arrossisce.

– Non mi meraviglia che tu ti senta a casa tua qui – continuo. – Hai tutte le qualità di questo popolo.

– Me lo dicono anche i miei amici nipponici – confessa. – Sono tornata in Francia per Natale e non è stato affatto facile con i miei compatrioti.

– E con me come va? Mi sopporti? – chiede Pep.

– Te sì – dice Alice ridendo.

– E i belgi li sopporti?

– Con i belgi è dura! – interviene Pep.

Alice ci dà l'indirizzo di un bar per la sera: l'Arsène Lupin. Ci giura che non è un locale francese. Ci congediamo, riaccompagnerò Pep a Nerima a fine serata.

Un'insegna con l'immagine di un uomo con cappello a cilindro e monocolo ci segnala l'entrata di questo antro al seminterrato. Ci ritroviamo in uno spazio oblungo, angusto ed eccessivamente ovattato. Ho subito paura che alla mia amica scoppi un'allergia violenta: non oso immaginare la densità della popolazione di acari in un luogo del genere! Lei a quanto pare non ci pensa perché è in estasi.

– Che posto di classe! Lo trovo fantastico.

Un maestro di cerimonie travestito da barman degli anni '50 ci fa sedere al bancone e ci chiede cosa desideriamo. Pep si informa sui cocktail e lui glieli illustra nel dettaglio uno per uno, interrogandola sui suoi gusti con la stessa deferenza che avrebbe se stesse parlando con Al Capone. Dopo una riflessione comune di un'intensità impressionante si accordano su un drink dal nome creativo, che per praticità chiamerò "l'incrocio di Shinjuku".

Poi si gira verso di me, che gli chiedo un whisky giapponese liscio. Mi mostra un menu interminabile, io taglio corto:

– Scelga lei!

La mia risposta non gli piace, ma preferisce non insistere. È chiaro che mi considera la domestica della persona eminente che si è mostrata così puntigliosa nella scelta della propria consumazione.

Lo guardiamo preparare l'incrocio di Shinjuku. È uno spettacolo affascinante. Dosa ingredienti misteriosi e ricercati, lo shaker per lui è sacro come l'incensiere per il turiferario. Sull'avambraccio tiene costantemente un tovagliolo bianco, stirato e piegato, con cui asciuga il bordo dello shaker quando ha finito di versare l'intruglio nel bicchiere da cocktail appropriato e che poi butta nella cesta dei panni sporchi. Serve questo nettare a Pep con un'espressione piena di stima. Poi mi serve un whisky con aria incurante.

Brindiamo:

– A Tokyo!

La mia amica assaggia l'incrocio di Shinjuku e rovescia la testa all'indietro:

– Troppo buono!

Mi invita a berne un sorso. Io che non amo molto i cocktail devo ammettere che è perfetto:

– Finalmente un cocktail che non sa di caramella acidula!

– Avresti dovuto seguire il mio esempio.

– Sono contentissima del mio whisky.

Ne ho dimenticato il nome ma non lo squisito bruciore dal gusto lievemente torbato.

– Quale locale frequentavi quando abitavi a Tokyo?

– Nessuno.

– Avevi vent'anni e non andavi nei locali?

Le faccio notare che attorno a noi non c'è neanche una persona sotto i quaranta.

– A vent'anni a Madrid andavo nei locali ogni giorno – dice Pep.

– Madrid è diversa. Qui ci sono Duke Ellington e gente in giacca e cravatta. Per non parlare dei prezzi. Quale giovane verrebbe in un posto così?

– Che facevi la sera a Tokyo con il tuo giovane fidanzato?

– Passeggiavamo per Shirogane Kōen. Mangiavamo *okonomiyaki* in piedi per la strada. E poi mi portava al porto e guardavamo le gru.

– Gli uccelli?

– No, le gru portuali, marca Komatsu. Sono belle di notte.

La mia amica ride, finisce il bicchiere. A Parigi in casi come questo chiede il bis. Qui chiama il barman per una nuova consultazione, al termine della quale sceglie un altro cocktail. Io riprendo un bel bicchiere dell'identico whisky.

Parliamo di Alice, Pep è felicissima di stare da lei.

– Mi piace condividere la sua vita di famiglia. Sono tranquilli ed equilibrati tutti e tre. Ammiro la loro armonia, per me non è mai stato così.

– Alice ha molto in comune con i giapponesi.

– È fantastica. Adoro questo popolo. Vorrei assomigliargli.

Sorrido. Le probabilità che Pep acquisisca la serenità giapponese mi sembrano scarse. Vale anche per me. Io lo so: ci ho provato.

– Comunque sono sicura che a vent'anni eri una palla. Il tuo fidanzato nipponico si sarà annoiato a morte con te.

– Non si è mai lamentato.

– Si vede che era un tipo particolarmente educato!

Finiamo i bicchieri e andiamo a cenare in un posto senza pretese dove ordiniamo una *soba*. Mangiare in stato di leggera ebbrezza è un piacere immune da brutte sorprese.

Accompagno la mia amica in metropolitana fino alla sua lontana periferia e poi rientro in albergo. Smaltita la sbornia, leggo, in *Controcorrente*, il brano in cui Des Esseintes incastona le pietre preziose nel carapace della sua tartaruga. Rileggere permette fra le altre cose di sperimentare l'evoluzione della propria sensibilità. Sono diventata molto più impressionabile che a diciotto anni: la morte della tartaruga mi addolora immensamente, poco ci manca che mi spunti una lacrima.

Non si può ancora salire sul monte Fuji, sarà possibile solo in estate, ma il giorno dopo partiamo in escursione con Alice e la sua famiglia fino a una località situata al di là del Takao. In tempi normali dalla cima si gode di una vista magnifica sul monte Fuji. Il cielo coperto ci permette a stento di intravederlo.

– Non fa niente – dice Pep. – Ho visto benissimo il Fuji dallo Shinkansen. Il cielo era limpido.

– Mi dispiace contraddirti, – risponde Gérald – ma i panorami non sono tutti uguali. Da qui la vista sul monte Fuji è mozzafiato.

– È bello anche che resti avvolto nel vago – dico io.

E cito il celebre haiku di Bashō: "Le nubi di tanto in tanto ci danno riposo mentre guardiamo la luna."

– Riposo, d'accordo. Speriamo che non sia troppo lungo – dice Alice.

Andiamo a provare da tutti i punti di osservazione del monte Fuji, riprendendo la macchina e arrampicandoci su ogni promontorio, bevendo un tè in ogni caffè con i tavolini all'aperto, pregando in ogni tempio. Il Fuji è in sciopero ovunque ci fermiamo. Cumuli di nubi aggrappate alla montagna si fanno beffe di noi là dove dovremmo contemplare l'immagine stessa della bellezza.

Cito Baudelaire: "...le nuvole ...le nuvole meravigliose."

– Il buon Charles non sperava di vedere il Fuji in tutto il suo splendore – dice Gérald.

Il Fuji in tutto il suo splendore io l'ho visto fin troppe volte: nell'agosto del 1989 ho scalato il vulcano, ho dormito in cima, e in seguito, il 15 dicembre, è stato il mio punto di riferimento durante la spedizione di montagna più metafisica della mia vita. Oso dire che siamo stati in confidenza. Quindi non mi sento frustrata se non riesco a contemplarlo, ma tengo per me questa sensazione che potrebbe essere fraintesa.

Pranziamo in una trattoria, dove ci servono zuppa di udon. Gérald racconta come a quarantacinque anni ha abbandonato la sua carriera in Francia, per tentare l'esperienza giapponese:

– Ci eravamo stabiliti a Nancy, io e Alice, eravamo felici, ma parlavamo ininterrottamente del Giappone. Un giorno ho visto un'offerta di lavoro a Tokyo. Ne ho parlato ad Alice e ad Abel. Loro hanno detto: "Andiamoci!" Abel non aveva finito l'anno scolastico, ma abbiamo avuto la sensazione che la minima attesa sarebbe stata insopportabile. Abbiamo sbrigato le formalità alla svelta ed è così che siamo arrivati qui proprio all'inizio della pandemia, senza immaginare l'inferno che ci aspettava.

– Siete pentiti?

– No. Però i primi mesi, in quarantena, sono stati atroci. E anche ora sul lavoro non sono contento. Quello che racconti in *Stupore e tremori* lo sperimento quotidianamente. Non resterò qui in eterno, ma volevamo tutti e tre vivere qualche anno in Giappone e abbiamo fatto bene. È un'esperienza fantastica e insostituibile.

– Per me – interviene Alice – è il colmo della felicità. Anche se mi accorgo di quello che non va, mi sento fatta per vivere qui. Quanto ad Abel, lui è contentissimo di abitare nel paese dei manga. Il liceo francese di Tokyo gli piace, è pieno di studenti giapponesi.

Ripartiamo alla ricerca di una vista sul Fuji. Il cielo è sempre più coperto, io e Pep vorremmo dire ai nostri amici di rinunciare.

– Vi facciamo vedere il nostro posto segreto – dichiara Gérald.

Ci porta in un luogo non segnalato da nessuna indicazione. Si tratta di una piantagione di tè.

– A così poca distanza da Tokyo? – dico io.

– Sì – risponde Alice. – È un tè verde di qualità superiore che cresce ai piedi del Fuji. Di solito lo si vede benissimo da qui, ed è la vista più bella che si possa sognare.

Non esiste niente di più simile all'idea del paradiso di un giardino del tè. Gli arbusti adottano spontaneamente forme dolci e armoniose, si dispongono in maniera ordinata, sembra di vedere una folla di monaci zen sparpagliata nel paesaggio.

– È permesso passeggiare tra le piante? – chiede Pep.

– Non te lo consiglio, è pieno di serpentelli verdi.

Ogni eden ha il suo serpente. Com'è facile capire. Vorremmo vivere lì, rintanati tra due arbusti di tè. Ci faremmo visita dicendo:

– Posso offrirle qualche foglia di tè?

Lasceremmo in infusione dentro di noi la pianta magica, che rilascerebbe il suo effetto miracoloso, un risveglio non violento. Vedere un giardino del tè mi turba come passeggiare in una vigna. Non è privo di significato che le bevande di cui non posso fare a meno per vivere, il tè e lo champagne, provengano da piantagioni di una bellezza così sconvolgente.

Camminiamo lungo i sentieri percorsi dai raccoglitori. A forza di percepire la presenza tutelare del Fuji sopra di noi, comincio ad avvertire il suo influsso. I segni del *kenshō*, l'illuminazione provvisoria secondo la filosofia zen, si moltiplicano in me: tutto si apre, il cuore, la testa, ma anche ciò di cui è impossibile immaginare l'apertura e che tuttavia si dilata, il sangue, la pelle, le ossa, per creare un varco a un'energia perfetta, un'abolizione del tempo, passato presente futuro, dello spazio, dei progetti, dell'identità, di me non resta altro che un filo di coscienza felice di essere qui, accanto al mio amico monte Fuji: non ho bisogno di vederlo, riconosco il suo abbraccio di fraterna divinità, abbiamo vissuto tante cose insieme io e te, che delizioso turbamento ritrovarti.

L'ultima volta che ho vissuto un *kenshō* era nell'aprile del 2012 all'incrocio di Shinjuku a Tokyo. Per quale motivo devo essere a Tokyo perché succeda? Lo ignoro. Evidentemente in questa terra c'è una forza sconosciuta.

Il *kenshō* è la versione abbreviata del *satori*, l'illuminazione definitiva. Come si fa a capire che si tratta della versione provvisoria? In realtà non lo sai. E, siccome il tempo non esiste più, te ne freghi. Ti senti immerso nell'eternità, non ti poni il problema del divenire del tuo stato di trance.

In ogni caso non ne parli. Se qualcuno dice di aver raggiunto il *satori* significa che ne è lontano mille miglia. Nel caso del *kenshō*, parlarne mentre lo si sperimenta è una contraddizione in termini. Perché parliamo? Perché abbiamo un'informazione da comunicare. Perché vogliamo sapere qualcosa. Perché vogliamo esistere.

Chi vive un'illuminazione non prova nessun bisogno di farlo sapere agli altri e non desidera esistere.

In questo 27 maggio 2023, nei giardini del tè, sotto un monte Fuji che non desidera esistere neanche lui, cammino senza meta e senza ragione, mi andrebbe benissimo anche restare immobile, le mie gambe avanzano da sole, come se il loro alternarsi favorisse l'esaltazione, come se quest'ultima ci guadagnasse a dispiegarsi nello spazio. Ho notato che la gioia invoglia a camminare, forse per un semplice motivo musicale, ci trasforma in ritmo, siamo sempre pervasi da ritmi, normalmente non ci facciamo caso, mentre ora gioisco della molteplicità dei ritmi che mi costituiscono, li sento e non ho bisogno di accordarli l'uno con l'altro per godere dell'insieme. È un concerto per un pubblico limitato a me stessa.

Non mi accorgo che Pep mi segue.

– Dove stai andando? – dice alla fine.

Normalmente sussulterei nell'accorgermi della sua presenza. Mi fermo e la guardo, ha l'aria di pensare di avermi distratta da una fantasticheria, in realtà non mi distrae affatto, non mi disturba, ho l'impressione che niente potrebbe disturbarmi. Se il Fuji ridiventasse di colpo un vulcano attivo e cominciasse a seppellirci sotto colate di lava, per me andrebbe bene così.

Da lontano Alice e Gérald ci chiamano. Li raggiungiamo a passo lento attraverso questo paesaggio idilliaco. Un residuo di senso della socialità mi spinge a dire:

– È troppo bello.

– Vero? – risponde Gérald. – Purtroppo Tokyo non è vicinissima e si prevedono ingorghi. È meglio avviarci.

Lasciamo questo posto indimenticabile. Gérald prende la direzione dell'autostrada, arriviamo in spazi delimitati dall'aspetto intercambiabile. Non mi importa. Non scendo. Mi va benissimo restare seduta in questa macchina che prima o poi si troverà bloccata nel pantano del traffico urbano.

Gérald si ferma a una stazione di servizio per fare benzina. Io e Pep ne approfittiamo per correre al bagno. Come ovunque in questo pianeta c'è la fila davanti al bagno delle donne e nessuno davanti a quello degli uomini. È seccante perché ho una certa urgenza. C'è poco da fare.

– Io vado in quello degli uomini – dichiara Pep.

Detto fatto. Non faccio in tempo a dirle che qui è una cosa inconcepibile. La gente intorno non dà minimamente a vedere la sua indignazione, mostrarla peggiorerebbe lo sgarbo, ma io so che sono tutti allibiti. "Solo una straniera può comportarsi così": questo si legge sui loro volti flemmatici.

– Non vorrai mica fare la fila per tre ore quando puoi andare nel bagno degli uomini? – esclama la mia amica uscendo.

Soffro le pene dell'inferno all'idea che qualcuno capisca il francese e rispondo:

– Non fa niente, posso aspettare.

Il che è palesemente falso, visto che saltello da un piede all'altro.

– E non ti dispiace fare aspettare Alice e Gérald?

Non sapendo che rispondere, guardo Pep come una deficiente. Lei sospira esasperata e si avvia alla macchina.

Non c'è più traccia di *kenshō* in me. Si è interrotto per una questione di gabinetti, non ne vado fiera. Resto in fila con il morale a terra a tentare di analizzare le cause di un tracollo così ridicolo. In fondo Pep è solo andata nel bagno degli uomini, ha scandalizzato la gente, e allora? Ha ragione lei. Potrei ancora seguire il suo esempio, sono sotto pressione, faccio una gran fatica a trattenermi. Ma, per quanto mi ripeta che è meglio andare nel bagno degli uomini che fare pipì qui davanti a tutti, non ci riesco. Il blocco è troppo forte. In Europa non avrei un attimo di esitazione. In Giappone so che sarebbe scandaloso. Il mio super-io giapponese mi schiaccia.

La fila delle donne avanza a una lentezza esasperante. Saint-Simon racconta che Luigi XIV vietava ai cortigiani di assentarsi in sua presenza e che una dama tormentata da un'urgenza pressante come la mia era svenuta. Vorrei svenire per sottrarmi a questa situazione intollerabile. E dire che venti minuti fa ero al culmine dell'estasi zen e adesso sono ridotta a una vescica oppressa dalla dimensione giapponese della mia educazione!

Finalmente arriva il mio turno. Inutile dilungarsi sul più noto dei sollievi umani. Raggiungo la macchina dove Pep, impietosa, non mi risparmia i commenti sul mio atteggiamento inibito. Alice e Gérald si limitano a sorridere, ci rimettiamo in marcia verso Tokyo mentre io mi abbandono al rimuginio. Dopo l'esaltazione, la caduta risulta tanto più irrimediabile. Mi consolo pensando che ho vissuto ore grandiose. Mi è capitato di sperimentare dei *kenshō* anche altrove, ma non mi è mai successo di andare in Giappone senza averne uno. Per certi versi è la prova che sono veramente qui. Sì, sono in Giappone, non c'è motivo di dubitarne. Come mai non mi credo? Non mi trovo credibile, è così. C'è sempre come uno scricchiolio nel profondo di me stessa, qualcosa che ride di me, che si rifiuta di darmi credito. Per quanto cerchi di ridurre l'affermazione all'essenziale, è sempre il solito ritornello: "È evidente che tu non esisti. Non a caso cerchi continuamente di dimostrarlo. Il tuo caro Nietzsche dice che ciò che ha bisogno di essere dimostrato per essere creduto non vale granché. Se nel parlarti uso il pronome 'tu', è solo per praticità. In realtà non c'è niente da dirti, non hai raggiunto lo stadio in cui puoi recepire un discorso e accedere all'esistenza."

Accanto a me, Pep, bella comoda sul suo sedile, gongola di felicità, respira il Giappone attraverso tutti i pori, scorre le foto che ha scattato e fischia tra i denti davanti a quella sfilza di meraviglie. E intanto io, che pure sono così contenta di essere qui, lotto contro angosce metafisiche di un'assurdità senza limiti.

Come previsto la macchina si impantana in ingorghi mostruosi. Non si entra impunemente in un agglomerato urbano di quarantadue milioni di abitanti. È sabato, i tokyoti sono andati in gita e preferiscono tornare in città prima di domenica, giornata riservata al vuoto. A Nerima ritroviamo Abel. L'adolescente ha passato il pomeriggio a leggere *L'opera* di Zola e ne parla con straordinaria commozione. Mi rendo conto che questo libro è una delle mie lacune, lo leggerò appena tornata in Europa.

In albergo sprofondo nella rilettura di *Controcorrente* di Huysmans. I soli momenti in cui non dubito della mia esistenza sono quelli in cui leggo. La letteratura mi sembra l'unico campo in cui mi senta a mio agio. Le avventure sensoriali di Des Esseintes parlano a tutto quello che non quadra dentro di me, cioè tutto. Raramente qualcosa riesce a inebriarci come la lettura di un romanzo che ci sembra scritto per noi. Al contrario del *kenshō*, la sensazione ritorna immediatamente appena ci reimmergiamo nel testo. I viaggi sono spazi privilegiati per leggere, l'ho constatato molte volte. Mi piace non avere altro appiglio che il libro.

La domenica Alice la passa in famiglia. Pep mi raggiunge a Ginza e mi suggerisce di mostrarle qualche posto in cui ho dei ricordi. La porto al parco di Ueno: quando hai dimenticato tutto di Tokyo non puoi fare a meno di ricordare il grande parco per le famiglie. Restiamo a passeggiarci a lungo. La mia amica mi chiede che genere di attività facessi qui trent'anni fa.

– Nessuna – rispondo.

– Non mi stupisce da parte tua.

Non indago su quello che vuole dire, sento che non mi converrebbe saperlo.

Che cosa intende per fare un'attività? Suona come fare piscina da piccoli. No, io non ho mai fatto niente del genere, per fortuna. Ho vissuto due anni a Tokyo, ovvero: ho lavorato, ho letto, ho scritto, ho amato. Che altro?

– Quando sei venuta nel 2012 ti ricordavi di Tokyo? – chiede lei.

– Sì. Benissimo.

– Cos'è successo negli ultimi undici anni che ti ha fatto perdere la memoria?

Bella domanda. Niente di particolare. Alla fine dico:

– È morto mio padre.

– Oh no, ancora! Non ricominciare adesso!

– Era l'unica risposta possibile alla tua domanda.

– Che c'entra? La morte del padre causa amnesia?

– Cambia il cervello.

– Ti conosco da vent'anni. Ho conosciuto tuo padre. Non eravate così intimi.

– È vero. È morto e lo siamo diventati molto di più.

– Cos'è per te il parco di Ueno? Di' la prima cosa che ti viene in mente.

– Mishima. Gli appuntamenti equivoci, i colori proibiti.

– Adoro Mishima, ma quali sono i tuoi ricordi personali?

– Che cosa ho di più personale di un ardente ricordo di lettura?

– Ma quando avevi vent'anni venivi qui, facevi delle scoperte. Racconta.

– Sono cose che non mi hanno lasciato granché. Quando venivo qui cercavo di immaginare gli appuntamenti equivoci degli omosessuali di Mishima.

– Niente male. Be', ora ci costruiremo dei ricordi personali.

Ci sediamo ai tavolini all'aperto di un caffè nel cuore del parco di Ueno. Pep ordina una birra e io un tè.

– Sei troppo orientata verso il passato. Io ti propongo il presente. È interessante, no?

Annuisco.

– Sta' al gioco – continua. – Sii presente per davvero. Tokyo 2023, vale la pena di non tirarsi indietro.

Mi concentro.

– Devo parlare?

– No – dice Pep. – Devi solo essere totalmente presente. Come, dipende da te.

Ci provo. I miei occhi esplorano quello che abbiamo intorno. Agli altri tavoli c'è gente di qui che beve un bicchiere. Il tempo in questo 28 maggio è eccellente, bello senza essere troppo caldo; le persone si godono la luce deliziosa. Domenica, giorno riservato al vuoto. Il vuoto in Giappone non è come da noi. Qui il vuoto è la meraviglia, quello a cui si aspira. Il vuoto è l'occasione di poter finalmente vivere.

In Europa il vuoto della domenica è noto e lugubre. Non siamo riusciti ad addomesticarlo. Siamo assurdi, no? Un giorno senza impegni: dovrebbe essere l'Eldorado. Qui lo è. Qualche tavolo più in là due giovani tokyote prendono il tè. Una di loro, molto carina, indossa un vestito di seta verde giada. Una simile eleganza, a vent'anni, per un incontro tra amiche non stupisce in un paese in cui è la trasandatezza a risultare fuori posto. Il verde del suo abito mi sembra più tenue di come mi era apparso a prima vista. Sarà il tipo di stoffa che lo fa vibrare di sfumature così ricche?

Mi immergo in quel verde tenero come in un bagno. Forse in realtà tende un po' al verde del tè da cerimonia, quella polvere di matcha che comincia a diventare di moda anche da noi. Agli antipodi della luminosità sgargiante di un verde mela o dell'aspetto militaresco di un verde cachi, è una tinta cangiante al sole della primavera. Verde acqua? Nemmeno. Non ha quella crudezza azzurrognola. Respingo anche il paragone con la polpa dell'uva, perché il verde di quella seta non ricorda il frutto, non attira le carezze, ma invita alla contemplazione discreta e beneducata.

Quindi solo con la coda dell'occhio mi inabisso nello spettacolo di quella stoffa marezzata. Conosco pochi piaceri come quello di gioire di un colore. Essere in presenza di una tinta stupefacente, abolire ogni altra sensazione, percepire solo quella vibrazione particolare della luce, visto che il colore traduce lo spettro in un linguaggio intimo che chiamiamo blu, rosso, nel caso specifico verde, darei a questa sfumatura il nome di giada da cerimonia.

Reagisco come se avessi preso dei funghi allucinogeni, sebbene non abbia bevuto altro che un normalissimo tè. È l'incanto di quel verde pallido che mi procura questo turbamento delizioso, ho la sensazione che nulla conti più per me sulla terra, oltre alla voluttà di questa ossessione cromatica. Se cerco di guardare altrove, il tropismo calamita subito i miei occhi verso il colore in questione.

Che importanza ha non avere più ricordi concreti in questa città. Forse c'era bisogno di fare *tabula rasa* perché Tokyo diventasse, nella mia memoria, unicamente la soavità di questo verde.

Sono come il personaggio di *Controcorrente*, che consacra tutte le sue energie a individuare il colore perfetto e a immergercisi dentro: nel suo caso l'arancione. Quando avevo letto Huysmans per la prima volta, a diciotto anni, mi ero interrogata sulla possibilità di vivere il colore in modo così parossistico. Oggi non mi pongo più la domanda ma lo vivo. È tanto più incredibile perché il verde non è il mio colore preferito, che è l'oro antico. Ma adesso darei qualsiasi cosa per poter restare in eterno nell'orbita di questa sfumatura incantevole.

Pep mi scuote dal torpore:

– Vorrei andare ai bagni pubblici dell'albergo.

Quanto tempo è durato l'idillio con il verde giada? Dieci minuti o due ore? Impossibile saperlo. Strappata bruscamente alla contemplazione, seguo la mia amica nella metropolitana.

– Non sono riuscita a ottenere l'annullamento della prenotazione dell'albergo – dice. – Almeno voglio sfruttarlo per frequentare i loro bagni tradizionali. Pare che siano di prima classe.

Scendiamo nel sotterraneo dell'edificio. Bisogna mostrare un documento, il bagno è severamente sorvegliato. Ci ricordano il regolamento: non ci è permesso entrare negli onorevoli bagni pubblici se prima non ci siamo lavate da capo a piedi e asciugate meticolosamente.

Una postilla che non conoscevo aggiunge che i bagni sono rigorosamente vietati a chiunque abbia dei tatuaggi. Ai miei tempi questo punto non era menzionato, probabilmente perché all'epoca i tatuaggi erano rari e limitati agli ambienti loschi. Oggi qualsiasi persona sotto i trentacinque anni è tatuata, qualunque sia la sua provenienza sociale. Mi chiedo se questi giovani rinuncino davvero ai bagni tradizionali. Mi rendo conto infatti che non c'è controllo: in un paese in cui la legge è rispettata in tutto e per tutto, l'autorità ritiene che sia sufficiente formulare il divieto.

Io e Pep siamo rispettivamente sulla cinquantina e sulla quarantina. Non abbiamo bisogno di mentire, non siamo tatuate. Ci consegnano degli asciugamani e degli *yukata*. Entriamo nel bagno femminile.

– Un tempo era misto – dico a Pep.

Non c'è nessuno. Nella sala da bagno ci sistemiamo ognuna davanti al suo catino e al suo rubinetto. Ci strofiniamo con la spugna e il sapone, laviamo a fondo tutto ciò che può esserlo e poi ci sciacquiamo a lungo con la doccia.

Ci sembra di aver raggiunto una pulizia mai vista. Niente più si oppone alla cerimonia, entriamo insieme in una delle vasche gigantesche.

Pep caccia un urlo.

– È bollente!

Lo è. In origine gli onorevoli bagni erano concepiti per sopravvivere all'inverno nipponico. Erano rare le case riscaldate: prima di andare a letto, le persone si immergevano in un bagno fumante così da trasformarsi in una borsa dell'acqua calda umana fino alla mattina dopo. Altrimenti prendere sonno si rivelava utopico.

In un 28 maggio di una primavera radiosa, non è affatto necessario imporsi un'acqua a una simile temperatura. Per quanto mi riguarda la apprezzo, pur consapevole di quanto sia pericoloso restarci a lungo. Racconto alla mia amica che sono spesso svenuta nell'onorevole bagno, suscitando enorme imbarazzo, perché le altre bagnanti non osavano soccorrermi.

– E come hai fatto a non affogare?

– Mi sono sempre svegliata appena l'acqua cominciava a entrarmi nel naso. Ma è comunque una sensazione orribile. Esco per non rischiare la sincope.

Mi siedo a terra, mi gira la testa.

– Le altre vasche sono diverse?
– Sì, sono ancora più calde.
Pep le prova subito.
– Mi sembra di cuocere – dice.
– Non sperare che ti segua.
– Se arriva una tatuata, la denuncio.
– E perché?
– Per avere il bagno tutto per noi.
Una donna entra nella stanza. Mentre si lava da cima a fondo, la osserviamo: non ha il benché minimo tatuaggio. Pep decide che l'esperienza è durata abbastanza, ci andiamo a rivestire.
– È stato fantastico – dice la mia amica.
– Io mi sento tutta molle – dico io.
– Andiamo a bere qualcosa, ti rimetterà in forze.
Sullo smartphone trova l'indirizzo di un locale in voga. La seguo barcollando fino a un seminterrato, dove la mia spossatezza ispira diffidenza.
– La sua amica è già ubriaca – sentenzia l'uomo all'ingresso in tono molto seccato.
– No, – risponde Pep – non è abituata a lavarsi.
Non ho la forza di difendermi, vorrei accasciarmi lì. Pep si siede al bancone, da dove viene immediatamente fatta sloggiare:
– Aspetti che le assegnino un posto – le dicono in malo modo come se stessero parlando con una teppista.
La mia amica mi sussurra all'orecchio che credeva di essere in un locale e non a Buckingham Palace. Come non darle ragione? Niente è meno informale di un locale a Tokyo. Le assicuro che nel Kansai non è così.

Alla fine ci assegnano un posto al bancone, due sgabelli più in là. Un barista, cortese quanto l'uomo all'ingresso era odioso, viene a consigliarci. Pep discute per venti minuti, felice che sondino i suoi gusti con tanta meticolosità, prima di scegliere il signature cocktail. A me resta appena l'energia per chiedere un whisky nipponico il cui nome mi si cancella dalla memoria nel momento stesso in cui lo pronuncio.

Brindiamo. Pep sorseggia il suo cocktail con un piacere non dissimulato. Io butto giù il mio whisky d'un fiato. La pressione mi risale in men che non si dica.

– Va meglio – dico.

– Sai cos'è che mi incuriosisce? Non hai bevuto una goccia di champagne in otto giorni! Non ti manca?

Stupefatta, mi rendo conto di non averci neanche pensato.

– Lo ordiniamo? – suggerisce Pep.

– Se solo ne avessi voglia!

Evidentemente mi sono adattata all'ambiente a tal punto da dimenticare la mia dipendenza. Il mio amore per lo champagne è in parte un elemento di psicologia sociale. Nel contesto in cui sono nata costituisce la lingua paterna. Berne non significa unicamente concedersi un piacere o festeggiare un evento, significa aderire ai valori dell'alta diplomazia. Ho visto tante di quelle volte mio padre accogliere come cari amici individui che disprezzava profondamente. Se ci riusciva con tanta grazia, non c'è dubbio che il merito fosse in gran parte della flûte a cui non rinunciava mai.

Per cambiare discorso, dico alla mia amica:

– Ovviamente i francesi sono i più grandi consumatori di champagne al mondo. Sai chi ha la medaglia d'argento?

– Se mi fai la domanda, significa che sono i belgi.

– Sì. Non è sorprendente che un popolo che beve tanta birra sia il secondo maggior consumatore di champagne?

– Soprattutto per causa tua.

– Non dimenticare mio padre!

– È vero. Che gran bevitore!

– E quando non beveva champagne sai cosa beveva?

– Whisky?

Alzo il bicchiere in segno di assenso. Il barista ne deduce che deve riempirmelo di nuovo. Pep accenna il gesto, universalmente noto, per dire che vuole il bis.

– Quindi è in onore di tuo padre che qui bevi esclusivamente whisky?

– Non solo. Fino a prova contraria i giapponesi non producono champagne. Mentre in materia di whisky se la cavano sempre meglio.

– Perché non bevi il sakè?

– Mi piace solo in montagna, al tramonto, davanti al portico di un tempio shintoista quando suona la campana.

– Quanto mi dài per non farmi rivelare a nessuno che hai passato otto giorni senza un goccio del tuo elisir magico?

– Ma come? Io mi sono fatta una reputazione di tutto rispetto e tu la vuoi distruggere con dei pettegolezzi!

– Possiamo metterci d'accordo. Paga tu questo giro.

– Naturale.

La conversazione comincia a sfilacciarsi. La mia amica prova tutti i cocktail che il barista le consiglia. Io finisco la bottiglia di whisky dal nome dimenticato. A un certo punto mi ricordo che Alice spegne le luci verso mezzanotte e che dobbiamo tornare in quella lontana periferia. Se avessi ancora un minimo di capacità di giudizio, prenderei un taxi, ma le gambe mi portano alla metropolitana.

Ho visto parecchi tokyoti ubriachi fradici nei trasporti pubblici urbani. Mantengono sempre un certo ritegno. Per fortuna io e Pep non abbiamo raggiunto il punto di non ritorno. Miracolo: riesco a portarla a destinazione. Come accadrebbe a una vera giapponese, il mio pilota automatico ha assimilato il percorso abituale.

Pep divora delle fragole comprate in un chiosco mentre camminiamo alla svelta.

– Fragole al buio – mi dice, dimostrando che l'ubriachezza non le impedisce di citare i classici.

Dopo averla lasciata, mi rallegro al pensiero di ritrovare *Controcorrente*. Ho una sbornia di qualità, so di essere nelle condizioni ideali per leggere Huysmans.

L'episodio in cui Des Esseintes prepara il viaggio a Londra mi fa piegare in due dalle risate e dalla felicità. Senza Pep le mie peregrinazioni non supererebbero quelle dell'eroe decadente. Salto nel letto, dove sono? Ho davvero abitato in questa città? Dalla finestra osservo i palazzi che come me non sembrano affatto addormentati. Mi dico che un po' di sonno sarebbe necessario, ma non so perché. "Perché alle quattro dovresti alzarti per scrivere" mi risponde il super-io. Santo cielo, è vero, come mi sarà venuto in mente di infilarmi in un simile tunnel? Cerco di ricostruire il percorso che ho seguito per capire come sono arrivata a questo punto, mi ricordo solo della prima infanzia. È quello il problema, restare bloccati all'età di quattro anni ha dei vantaggi ma comporta anche alcune complicazioni.

Mi addormento con la luce accesa in una posizione improbabile. Mi sveglio alle quattro esatte del mattino. Trentacinque anni di abitudine non si cancellano facilmente. Tè bollente, scrittura. Mi guardo agire, eppure sono io.

– Mi hai fatto bere – esclama Pep il giorno dopo – e ora ho i postumi della sbornia.

Questa è bella. Alice ci propone di visitare un cimitero molto speciale. Una necropoli di cui il mio cervello ancora molto intontito dall'alcol non memorizza il nome. È il luogo in cui vengono deposte le urne funerarie dei bambini nati morti, dei feti abortiti o dei bimbi deceduti prima dei due anni. Su ogni sepoltura c'è una statuetta dalle sembianze infantili: si direbbero dei minibuddha addormentati, avvolti in kimoni di pietra. In qualsiasi altro paese un posto del genere inviterebbe al pianto. Qui si avverte una sorta di grazia. Non c'è dubbio che i genitori in lutto abbiano amato il loro piccolo defunto, ma è evidente che il dramma è stato accettato. Gli si è spezzato il cuore, si sono lasciati travolgere dalla sofferenza, non dimenticheranno, ma quello che alla fine prevale è un gran senso di pace.

I volti delle statuette dei bambini sono sorridenti. Non c'è amarezza in loro, sono contenti della loro sorte. Ci fanno capire che è per noi a essere dura. Io e Pep ancora perse nei fumi dell'alcol ne siamo convinte. Alice ci spiega tutto ciò con fervore:

– Non conosco nessun altro cimitero che trasmetta tanta dolcezza – dice.

Ha ragione. Comincia a piovere, il che amplifica questa impressione. La necropoli è molto significativa per me che da una settimana mi sento bloccata allo stadio dello specchio. "Da una settimana? Ma dài, da sempre" gracchia la voce sardonica che mi redarguisce ininterrottamente. Sono anch'io uno di questi bimbi defunti? No, io sono viva, e in teoria ho l'indipendenza di un'adulta.

Una giovane donna se ne sta davanti a una sepoltura. Non sembra dover fare appello a chissà quale stoicismo per sopportare la vicinanza di quello che dev'essere, intuisco, il suo bambino morto. È venuta semplicemente a fargli visita.

La pioggia aumenta, Alice ci porta a pranzare. Niente di meglio di una ciotola di noodles in brodo per riscaldarci e rimetterci in sesto.

– Va meglio – dichiara Pep con un'espressione da resuscitata.

Per il dolce andiamo da un artista pasticciere al pianterreno di un centro commerciale enorme. Sotto gli occhi di un pubblico esperto, circondato da giovani assistenti che danno alla sua pasta di riso colori di una delicatezza inaudita, l'uomo modella petali di forme diverse e li assembla per confezionare crisantemi, rose bulgare, ortensie e iris. Plasmare questi ultimi mi sembra un'impresa votata al fallimento, ma mi sbaglio: l'artista ha l'abilità di imprimere ai petali blu la forma lanceolata dell'iris. Le sue dita toccano appena la creazione, lavora con bacchette che cambia continuamente, come anche i guanti di lattice, che sostituisce dopo ogni fiore.

Sedute davanti al suo stand, restiamo a guardarlo a bocca aperta per almeno un'ora. Alla fine Alice ci dice che dobbiamo consumare. Pep esclama:

– Questi fiori si mangiano?

Capisco il suo stupore. L'idea di masticare quelle meraviglie è sconvolgente.

– Sono squisiti – assicura Alice.

Una donna in kimono prende le ordinazioni e ci consiglia:

– Se sceglie l'iris, onorevole cliente, le suggerisco di accompagnarlo con il nostro matcha Sei Shōnagon.

Mi portano l'iris in trionfo su un piatto quadrato. La donna monta il mio tè da cerimonia e mi invita ad assaggiare. Non è altro che pasta di riso, ma ha quel sapore indescrivibile per cui darei tutti i dolci del mondo: in mancanza di meglio lo chiamo la poetica insipidezza giapponese. Sono consapevole della sfumatura peggiorativa di tale denominazione. E tuttavia non trovo niente di più appropriato per definire questo gusto poco marcato, discreto, agli antipodi dei sapori pronunciati dei dolci occidentali. Per esempio, se c'è una sensazione impossibile da provare con questo iris commestibile, è la nausea. La degustazione esige un raccoglimento meditativo.

In Giappone non esiste altra cipria che quella di riso, di cui si fa un uso enorme. Il samurai doveva avere nella bisaccia un po' di questa cipria per opacizzare la propria carnagione: se avesse ricevuto un colpo mortale, nessuno avrebbe potuto dire che il suo cadavere aveva una brutta cera. Per i preparativi quotidiani di una sola geisha era necessario un intero portacipria. Sarà questa associazione mentale che contamina il mio dolce con un retrogusto di maquillage nipponico?

Bevo un sorso di matcha Sei Shōnagon: è l'imperatore dei tè da cerimonia. Il solito sapore marino si assottiglia qui fino a prendere un sentore di alga. Ho l'impressione di bere il Mar del Giappone. L'abbinamento di gusto con l'iris è l'ideale.

L'avventura gastronomica mi conquista al punto da farmi dimenticare delle mie amiche. Mi accorgo di colpo che Alice, davanti alla sua rosa bulgara, prega come una monaca zen, mentre Pep fotografa la sua ortensia per metterla su internet.

– Sono l'unica che consuma – dico.

Alice esce dalla meditazione e assaggia il fiore con l'aiuto di un apposito minuscolo cucchiaino di bambù. Pep prende in mano il dolce e lo mangia in pochi morsi, senza far caso allo stupore che suscita nelle donne in kimono.

– Posso ordinarne un altro? – chiedo.

Stavolta è me che guardano come la barbara di turno. "Ha appena avuto accesso a un prodigio di splendore e di civiltà e, invece di preservare questa sensazione in lei per onorarla a lungo, ne vuole sperimentare un'altra?"

Chino la testa per la vergogna.

Alice finge di ignorare che sta portando in giro due galliche incivili e trova una scusa per piantarci in asso. Pep manifesta il desiderio di andare al Caffè dei Conigli, all'altro capo della città.

– Sei sicura che sia una buona idea?

– Certo che sì. Non ti attrae vedere dei conigli a Tokyo?

La mia amica, l'ho già detto, nutre per i leporidi una passione travolgente. Impossibile discutere. Dopo un tragitto in metropolitana estremamente complicato approdiamo ai bassifondi della città. Alla fine di una viuzza saliamo al quarto piano di uno squallido edificio in cui è situato il locale chiamato ingiustamente Caffè dei Conigli, che assomiglia in realtà a un ambulatorio, dove giovani donne di buona volontà, vestite con tute impermeabili e cuffie, allattano con il biberon certi conigli con musi da teppisti. Entro: c'è una puzza terribile.

– Che odore di conigli! – commenta Pep in estasi.

Faccio appello a tutte le mie forze per resistere a quel fetore che le dipendenti sopportano ininterrottamente. Alcuni conigli ci saltano tra i piedi, ci viene detto di sederci per evitare di ferire le bestiole. Ordiniamo qualcosa da bere, il che ci dà diritto a osservare gli animali.

Ma non a toccarli, con grande dispiacere di Pep, che muore dalla voglia di abbracciarli.

– Vorresti veramente abbracciare questi conigli tanto puzzolenti? – dico.

– Sono i loro escrementi che puzzano, non loro – si indigna la mia amica.

In ogni caso siamo immerse in questo tanfo e io non riesco neanche a bere il succo di frutta che mi hanno servito.

Pep discute con le addette, io traduco le sue argomentazioni:

– A Parigi vivo con un coniglio. Mi manca.

– La capiamo, onorevole cliente.

– Se potessi prendere in braccio uno dei vostri conigli, non gli farei alcun male, li conosco bene. E mi sarebbe d'aiuto.

– I nostri conigli sono molto delicati, abbiamo paura dei contagi.

Stranamente Pep si arrende. A me verrebbe da chiedere quale contagio rischino i conigli se li prendiamo in braccio.

La mia amica li osserva a uno a uno, li descrive con devozione:

– Guarda quello com'è gracile, deve essersela vista brutta.

– A me sembrano avere tutti un'aria da criminali – dico io.

– Hai ragione, un coniglio è un tipo che sta preparando una rapina. Anche per questo li adoro.

– Allora perché dici che quello è gracile?

– È la verità. Sono soggetti a rischio, questi conigli. Come vuoi che non si diano alla delinquenza?

Mi rendo conto che Pep è irrecuperabile. La sua indulgenza verso i leporidi non ha limiti. In cuor mio capisco Alice che si è rifiutata di accompagnarci in questa specie di conigliera.

La mia amica riprende, per mio tramite, il dialogo con le addette:

– Perché non trasferite i vostri pensionanti sull'Isola dei Conigli?

– I nostri onorevoli pensionanti hanno avuto una vita difficile. Sono stati comprati da bambini di Tokyo che poi li hanno abbandonati. Se almeno ci fossero stati portati direttamente... Li abbiamo salvati a uno a uno, quando erano ormai ridotti al randagismo. Non hanno forze e buona salute sufficienti per cavarsela su quell'isola, dove i conigli selvatici non li lascerebbero sopravvivere. E comunque è proibito portare animali sull'Isola dei Conigli!

L'Isola dei Conigli, dove non sono mai stata, è un territorio insulare interamente riservato ai lagomorfi; agli umani è permesso andarci per qualche ora, a condizione che rispettino un'unica regola: non dare niente da mangiare ai conigli se non il cibo venduto sull'isola, il che dà loro il diritto di fotografarli. Per Pep l'Isola dei Conigli è l'equivalente del festival di Bayreuth per i fanatici dell'opera. Non so in virtù di quale miracolo il nostro viaggio non prevedeva un pellegrinaggio lì.

– Dov'è quest'isola?

– Dalle parti di Hiroshima – risponde Pep.

Questo spiega tutto. Ringrazio il cielo che il nostro giro sia così breve: se avessimo avuto il tempo di andare a vedere Hiroshima, Pep non mi avrebbe risparmiato l'Isola dei Conigli. Quello che trovo insopportabile è il loro affollamento. Il Caffè dei Conigli, che ha una superficie di trenta metri quadrati, contiene una quarantina di Bugs Bunny. Questa superiorità numerica mi dà l'impressione di essere sul punto di trasformarmi in una carota.

La mia amica invece è al settimo cielo e mi fa tradurre innumerevoli domande alle addette. L'ultima volta che ho lavorato tanto come interprete è stato nell'azienda di import-export e ne è venuto fuori *Stupore e tremori*. Ora non sono tormentata da superiori gerarchici, ma da conigli. Una di queste adorabili bestiole viene a depositare delle palline di sterco sul mio piede.

– È un segno d'amore – si esalta Pep.

L'amore è un fenomeno assai misterioso. Vorrei scuotere il piede, ma intuisco che così facendo offenderei questo nuovo pretendente e che Pep non me lo perdonerebbe.

Una delle addette mi annuncia che il tempo previsto dal regolamento è finito e che se vogliamo restare ancora dobbiamo ordinare un'altra bibita. In barba all'onestà, tralascio di tradurre la seconda frase alla mia amica. Paghiamo, mi rimetto le scarpe, dopo essermi sbarazzata del calzino che ha ricevuto l'offerta amorosa.

Fuori prendo una bella boccata di ossigeno privo di miasmi. Pep commenta la visita con entusiasmo, io annuisco a ogni sua minima affermazione. Le chiedo se le va di accompagnarmi ai bagni tradizionali dell'albergo, lei accetta.

Che meraviglia lavarsi da capo a piedi e purificarsi nell'acqua fumante.

È già la nostra ultima serata a Tokyo. Non mi sento in grado di fare altro che dar fiato in anticipo alle trombe della nostalgia, sebbene mi sia proibito. Lascio a lei l'iniziativa di decidere il programma.

Passeggiamo per strade notturne che non mi sforzo di memorizzare. La mia amica avvista un locale dove servono della Guinness.

– Una Guinness a Tokyo ti andrebbe?

– Sarà il caso dopo la sbronza di ieri sera?

– La Guinness non è alcol – dice Pep perentoria.

Aggiudicato! Ci sediamo al bancone di quello che si rivela essere un *irish pub*. È un locale anonimo, non c'è quasi nessuno. Ordiniamo due pinte di Guinness che ci vengono servite a regola d'arte. Questa è una caratteristica nipponica che apprezzo: se un giapponese vi propone una cosa, potete star certi che sa il fatto suo. Viene fuori che il barista è un esperto di stout. È felice di avere finalmente delle clienti.

– La gente non ama molto questo tipo di birra, qui – mi dice.

Pep mi fa tradurre che la Guinness è la sua religione e che mi ci ha convertita. È la verità: è stata lei che mi ha insegnato a bere questa meraviglia vent'anni fa. Da quel momento in poi il barista si rivolge alla mia amica come a una divinità. Devo impedirgli di offrirci una seconda pinta.

– Perché? – si indigna Pep.

– Pensa allo stato in cui ti sei svegliata stamattina.

Chiaramente per lei è già un lontano ricordo.

– Perché hai quest'aria triste? – mi chiede Pep.

– Perché domani partiamo.

– E allora? Non hai voglia di tornare a casa?

– Lasciare il Giappone è sempre difficile per me.

– Smettila con questa storia. In ogni caso non sei pronta a vivere qui.

Ha ragione. Ho provato a viverci, non ne sono capace. Eppure nutro un profondo amore per questo paese. Il Giappone è il mio primo fallimento amoroso e ogni volta che ci torno rivivo quel colpo di fulmine e la constatazione che non ci riesco.

Non ci riesco. È una frase che mi ripeto cinquanta

volte al giorno, e non solo in terra nipponica. Però è proprio il paese del Sol Levante ad avermi insegnato questa sensazione terribile: non ci riesco. A fare cosa? Tutto, niente. A vivere in Giappone. A vivere.

Aggrotto la fronte. No, non è stato in Giappone che ho scoperto la mia incapacità, è stato a Tokyo. È stata la capitale a rivelarmi questo handicap così grave da non avere un nome. Da bambina, nel Kansai, ci riuscivo e ci riesco ancora. È a Tokyo che ho perso la bussola e continuo a perderla. L'impressione di amnesia tokyota è al contrario una forma di ipermnesia: la cosa che ritrovo qui, intatta, è l'implacabile convinzione della mia nullità.

All'età di quindici anni, come tutte le adolescenti, ho litigato con mio padre. Lui ha tagliato corto con questa dichiarazione:

– Tu sei come me: non sei niente.

Sono rimasta indignata, senza parole. Cosa voleva dire? Lui, niente? Io, niente come lui? Non ho mai capito questa maledizione assurda.

Se mio padre me lo avesse detto in giapponese, lingua che condividevo con lui, avrei potuto vederci qualcosa di bello, di promettente: il compimento supremo della nullità nipponica. Ma il tono tipico del rimbrotto non lasciava adito a dubbi, intendeva sminuirmi al massimo e, stranamente, estendeva la cosa a sé stesso.

Quindi lui, l'eroe che aveva salvato più di mille vite umane, il fine diplomatico, il cantante di *nō*, quell'uomo di incredibile cultura, si riteneva uno zero spaccato e mi attribuiva lo stesso voto. Da dove poteva mai venire una simile mancanza di considerazione?

Senza capirne l'origine, so di averla ereditata. C'è anche qualcosa di buono in questo: di tutti i pericoli che minacciano lo scrittore, il peggiore è l'autocompiacimento. Ciò non toglie che avrei preferito una sana umiltà a questa vertigine di nulla con cui devo continuamente fare i conti e che Tokyo ha così ampiamente contribuito a instaurare in me.

Tokyo e mio padre. Quest'ultimo aveva sempre affermato che lo scopo della sua esistenza era diventare ambasciatore a Tokyo. Ci riuscì e vi rimase per nove anni, periodo di una lunghezza stupefacente, giustificato da una vocazione straordinaria. Da lì a identificare mio padre con Tokyo il passo è breve.

Inoltre, se non avessi subìto il trauma di Tokyo, non avrei mai tentato di pubblicare. Alcune umiliazioni sono feconde. Non per questo l'ambiguità scompare: devo tutto a una città che mi ha messa faccia a faccia con la mia profonda incompetenza.

Mentre rimugino su questi pensieri edificanti, io e Pep usciamo dal locale e ci mettiamo a fare shopping. La mia amica si prova una ventina di giacche da kimono prima di trovarne una che la soddisfi. Io le do il mio parere in modalità pilota automatico.

Contentissima del suo acquisto, Pep non si leva più di dosso il nuovo indumento.

– Perché ti vesti così? – mi chiede.

Io mi guardo e mi rendo conto che per tutta la durata del soggiorno ho portato un'ampia camicia nera, una gonna svasata nera e un paio di anfibi. Rispondo:

– Cerco di travestirmi da Banana Yoshimoto.

– Chi è?

– Una romanziera giapponese di successo.

– Le assomigli?

– No. Ma mi piace molto.

Mangiamo una *soba* per cena e poi riaccompagno Pep a Nerima. Torno in albergo felice che l'ultima serata tokyota non abbia comportato chissà quali cerimonie.

Nella mia camera finisco di leggere *Controcorrente*. Ci tengo a concludere la lettura a Tokyo. Il mio pellegrinaggio passa anche da lì, senza che possa necessariamente spiegarlo.

Ultima notte. Mi sforzo di non pensare a niente, ma non è facile. Mi concentro sulla posizione sdraiata. La prossima notte la passerò in aereo, non potrò concedermi il lusso di stare stesa. Tutto pur di non lasciare spazio alla disperazione, alla sensazione di fallimento e di tradimento: ancora una volta sto per lasciare il Giappone. E in questo caso non posso accusare i miei genitori o il fato. Parto da adulta responsabile, ho scelto di non restare. Come potrò conciliare un simile comportamento con l'amore infinito che mi lega a questo paese?

Vorrei raccontare nei minimi dettagli l'ultima giornata, di cui conservo un ricordo preciso e piacevole. Al tempo stesso mi vergogno di essere stata così ammodo in questo giorno di lutto anticipato. Alice ci porta in un parco meraviglioso di cui mi rifiuto di ricordare il nome. Ha preparato un picnic squisito. Non esiste un'amica più premurosa di Alice, ci fa dei regali, a noi che le abbiamo occupato la casa e le giornate per un secolo. Cospirazione del destino, il tempo è bello come non mai: un gran sole che non surriscalda ancora come d'estate. Questo 30 maggio è perfetto e non contribuirà a ispirarci il desiderio di partire.

Al parco Senza Nome ci stendiamo a riposare tutte e tre, l'erba è soffice e accogliente. Quanto stiamo bene insieme! Le ore passano come in sogno. Alice ci contagia con la sua profonda armonia. Pep le assicura che questo viaggio l'ha trasformata:

– A Parigi non sarò più la stessa.

Fingo di crederle. È da un pezzo che sbaglio il cento per cento dei ritorni, quindi mi guardo bene dal fare pronostici.

È arrivato il momento, andiamo in albergo a recuperare i bagagli. Incapace come sempre di gestire la separazione, mi sforzo di accelerarla, tanto per colmare il vuoto. Alice consegna a ognuna di noi una lettera:

– Da aprire in aereo – insiste.

Mi accorgo che sto piangendo, Pep mi prende in giro e poi sul più bello, mentre scherza, ci casca anche lei. Il sentimentalismo ci rende ridicole. Mi infilo nel taxi. Quando parte, Alice resta a guardarci finché non scompariamo.

Siamo ancora parzialmente immerse in quelle emozioni contrastanti quando il tassista ci comunica che abbiamo una gomma a terra.

– Perderemo l'aereo! – dice Pep.

La rassicuro, ci siamo mosse con notevole anticipo. Il tassista si profonde in mille scuse. Faccio notare alla mia amica che forare in Giappone è un'esperienza radicalmente diversa, con l'unico risultato di allarmarla e innervosirla di più. Prova lampante che la sua natura parigina torna a galla alla velocità della luce.

Il tassista si rimette i guanti bianchi, abbiamo perso solo una decina di minuti. L'aeroporto di Haneda non ha più niente a che vedere con il modesto impianto in cui ero stata trent'anni fa. È diventato un gigantesco centro commerciale, travestito da museo del Giappone di una volta. Io e Pep lo percorriamo in tutte le direzioni, sbalordite dall'esistenza di una simile struttura. Spendiamo i nostri ultimi yen per inverosimili sciocchezzuole: miniombrelli a forma di coniglio, provocanti bambole in abiti da technogeisha, fazzoletti troppo straordinari per assolvere al proprio compito, dolci immangiabili che riproducono il Padiglione d'oro.

– È per regalarli – dice la mia amica a mo' di giustificazione.

Sappiamo che non li regaleremo, ci vergogneremmo un po' a farlo, e poi siamo troppo stregate da questi gingilli, cose che in Belgio chiameremmo *brol*, "ciarpame", ma da nessuna parte si trova un *brol* simile, lanciamo urla di gioia fingendo di fare dell'ironia, per dissimulare la nostra autentica meraviglia. Le nostre case saranno ingombre per sempre di questi oggetti infidi, il cui incanto scomparirà sotto strati di polvere, e noi ci malediremo per aver ceduto al loro richiamo – per ora ci affascinano, ne siamo letteralmente ammaliate.

Dopo aver alleggerito le tasche delle ultime monete e appesantito i bagagli con mille cianfrusaglie, ci fermiamo a mangiare una ciotola di ramen, poi raggiungiamo la zona di imbarco per l'aereo diretto a Parigi. Ci restano due ore di attesa. Sentiamo parlare in francese attorno a noi e la cosa ci mette a disagio. Inevitabilmente dobbiamo sorbirci frasi esasperate su "quello che non va in questo paese".

– E questo è quello che non va nel nostro – dice Pep con arguzia.

Ci sediamo un po' in disparte per sottrarci a questo abituale teatrino. Per tenere occupata Pep, le presto *Controcorrente*. È un passatempo di qualità vedere la mia amica scoprire Huysmans.

A mezzanotte ci imbarchiamo e decolliamo. Dissimulo quello che non riesco a non vivere come un fallimento: lasciare per l'ennesima volta il Giappone. Non posso attribuire il distacco a un'autorità esterna, non ho più cinque anni. È un abbandono volontario. L'età adulta è un'impostura. Ripenso alla mia lunga infanzia, alla mia interminabile adolescenza, durante le quali non ho mai smesso di aspirare al ricongiungimento con questo paese-Graal. Se mi avessero annunciato che un giorno sarei salita di mia spontanea volontà su un aereo pronto a staccarsi dalla terra sacra, avrei provato verso me stessa un disprezzo incredulo.

Le contingenze mi salvano da questo disastro intimo: c'è da consolare Pep, che scopre a sua volta la tristezza di lasciare il Giappone. Non posso assimilare il suo dolore al mio, ma cerco ugualmente di aiutarla. Alla fine si calma e tenta un surrogato di sonno.

Se c'è un'arte nella quale non eccello, è quella del ritorno. Eppure nessuno ne ha fatto esperienza quanto me. Se ne deduce che l'esperienza non insegna niente: continuo a sbagliare i ritorni. Chi non conosce l'entusiasmo, la convinzione che le incredibili rivelazioni avute durante il viaggio cambieranno la nostra vita e forse anche quella dei nostri cari? Ci sentiamo accresciuti, ci aspettiamo che la metamorfosi sia percepibile. Versiamo una lacrima di rimpianto all'idea di tornare nella nostra casa, che non tarderemo a deturpare con tutti gli orrori di cui abbiamo riempito i bagagli. E poi ricomincia la vita quotidiana. La beatitudine è ormai al culmine, siamo convinti di star interpretando al meglio la trita melodia dei ritorni, siamo molto più esperti adesso, ogni rito ha acquisito una profondità vertiginosa – fino alla prima domanda:

– Sei stata in Giappone, vero?

Felici come Ulisse, cominciamo a raccontare, con meno abilità di quanto immaginassimo, e dopo mezzo secondo ci rendiamo conto che la nostra Odissea non interessa, ce l'hanno chiesto per educazione, tutti ce lo chiederanno nell'identico modo e immancabilmente avranno qualche impegno che li costringerà a interrompere il racconto, ma che non vi salti in mente per questo di non rispondere, di dire per esempio che siete ancora in balia dell'incantesimo e preferite rimandare la risposta, vi giudicherebbero egoisti e antipatici, è indispensabile che voi tentiate di raccontare, offrendo così all'uditorio l'opportunità di dirsi che siete di una noia mortale.

Potrebbe sembrare un fatto trascurabile se non fosse l'anticipazione di ciò che non tarderemo a provare noi stessi. Ricordiamo il magnifico viaggio, ma ci rendiamo conto che è stato inghiottito da un vortice interiore, non appare più il minimo mulinello sulla superficie del nostro oceano ridivenuto piatto, mosso solo dalle consuete incombenze, di notte ci rammentiamo delle meraviglie intraviste, chiedendoci perché la loro luce ci rischiari così poco.

– Bisogna assimilare le nuove ricchezze – dichiarano gli esperti di oggi.

A tal fine ci propongono tecniche come la solitudine, la riflessione, il silenzio. Tutti rifugi che ho tentato non so quante volte. Non ci riesco. Forse è stata questa impotenza a rendermi così presto un'incurabile nostalgica. La nostalgia è l'espressione di un fallimento, di una perdita. E la sentiamo con tale intensità che ci si imprime nelle ossa.

Così ogni viaggio mi lascia diminuita. A restare è meno la bellezza che il vuoto che ha scavato dentro di me. Il mio talento è la mancanza. Non ci sono limiti alla mia capacità di essere manchevole.

Atterriamo. Metto Pep su un taxi perché vada a recuperare il suo coniglio. Quanto a me, sento il bisogno di tornare a casa in RER, ho la sensazione che in tal modo riuscirò a riallacciare meglio i contatti con la realtà. È impressionante il contrasto con l'equivalente nipponico, che non ho mai smesso di prendere per andare a Nerima. Qual è la differenza principale? Difficile dirlo. Al di là della sporcizia e dello squallore, si avverte una sorta di malessere. Ci fermiamo a Aulnay-sous-Bois: un nome così carino per... come dire? Attraversiamo Drancy: come non sentirsi male? La periferia giapponese non fa venire voglia di impiccarsi.

Di ritorno dalla pet-sitter, Pep mi chiama.

– È strano qui, no? Per strada ho l'impressione di essere circondata da cafoni.

È esagerato, ma la capisco.

La vita riprende, è il solito disastro. Se appena accenni a raccontare del viaggio, tutti si disinteressano. Però ti chiedono se sei andata a trovare la tua tata e ci restano male per la risposta. Inutile cercare di spiegare che una rimpatriata seguita necessariamente da un'ennesima separazione ti avrebbe distrutta e che no, stranamente, la tua tata non ha voglia di lasciare il Giappone per venire a vivere con te: ti considerano un mostro.

Poi ci sono quelli che vorrebbero delle dritte sugli indirizzi giusti di Tokyo o di Kyoto. Data la mia totale incapacità di ricordare i nomi, non ho niente da dire. Mi accusano di essere egoista e di voler tenere per me i miei posti segreti. Quando pure fosse, sarebbe poi un crimine tanto grave?

Solo il lavoro, che mi assorbe totalmente, mi salva. Mi butto a capofitto nella posta arretrata e nelle interviste. Il mese di giugno comincia in grande stile, partecipo alla conferenza stampa in vista della rentrée, è ormai tempo di parlare di *Psicopompo*. Il titolo del libro cade a fagiolo: sono appena tornata da un altro mondo, così lontano, così profond[illegible]così straziante, che solo evocarlo mi paralizza. Ci [illegible]anti modi di morire da vivi, e anche da questa mort[illegible]portante tornare indietro.

E io sono [illegible] indietro, proprio come gli spettri e gli zombi. Son[illegible]ita solo per undici giorni ma la meta è stata così si[illegible]ativa che è bastata a restituirmi la mia identità di st[illegible]a. Sono la straniera intransitiva, quella che non pr[illegible]a dove torna indietro.

Pep nel frattem[illegible] scoperto che tutti hanno una loro teoria sul Giap[illegible] soprattutto chi non ci è mai stato. La cosa mi dive[illegible]molto, mentre lei va su tutte le furie.

– Per questo non racconto il viaggio – le dico.

– Come si può non raccontare un viaggio del genere? – protesta lei.

Domanda sensata.

Le suggerisco di pubblicare le sue foto. La mia amica alza le spalle. Io insisto.

– Non sono il tipo – dice alla fine, con l'aria di chi certe cose non le fa. – Preferisco mostrare le foto che ho fatto in paesi che non conosco ancora.

Sarà stato in quel momento che ho iniziato a pensarci? Forse. Sono partita, sono tornata. Capirai! Sì, ma non ho fatto altro per tutta la vita. Anche il luogo in cui abito non è quello che ho scelto. L'unico posto in cui avrei voluto vivere ho deciso di lasciarlo. L'ho appena abbandonato un'altra volta. Che pensare di questa aberrazione? Non ci capisco niente, per cui ne scrivo.

L'eterno ritorno: da adolescente, quando ho scoperto questa espressione senza conoscere il senso che Nietzsche le attribuiva, sono rimasta folgorata. Esisteva quindi un ordine del destino, un'ingiunzione a ritrovare il luogo iniziale e ideale. Se lo affermava persino un filosofo tedesco, ci sarei riuscita per forza.

E poi ho scoperto che si trattava dell'eterno ritorno dell'identico e che non aveva niente di geografico. Nietzsche precisava che non c'era altra idea di cui importasse tanto rallegrarsi e io non capivo in che senso questo fosse un problema.

Da allora sono passati quarant'anni e adesso mi rendo conto del perché è così difficile. Nell'ambito della mia vita l'eterno ritorno dell'identico consiste nell'andare in Giappone e accorgermi che questo ritorno è impossibile, che neppure l'amore più assoluto può fornirmene la chiave.

Accettarlo, d'accordo, posso farlo. Nietzsche insiste che bisogna rallegrarsene, pena il non diventare un grande essere. Ed è quello il punto dolente: io non riesco a rallegrarmene. Capisco quanto l'equazione dell'impossibile ritorno abbia senso per me. Ma rallegrarmene! Rallegrarmi di quello che è alla base della mia malinconia! C'è una differenza abissale tra accettare e rallegrarsi, no? Forse in effetti non sarò mai un grande essere. E Nietzsche, ovunque sia, si volterà dall'altra parte.

Più passa il tempo e più ho l'impressione che siamo in tanti a essere sulla stessa barca. Siamo chiamati, credo, a popolare sempre di più il mondo, noi che, in un modo o nell'altro, abbiamo perduto un luogo amato e abbiamo cercato di ritrovarlo, per scoprire l'impossibilità del ritorno.

Igiene dell'assassino
Al premio Nobel per la letteratura Prétextat Tach restano solo due mesi di vita. Giornalisti di tutto il mondo vogliono intervistare lo scrittore che una feroce misantropia tiene isolato da anni. Solo una donna riesce a portare a termine l'intervista e a condurre un gioco che diventa presto un duello senza respiro.

Le Catilinarie
Juliette ed Émile hanno finalmente acquistato la casa dei loro sogni: spaziosa, coperta di glicine, isolata. Ma non abbastanza, tenuto conto delle quotidiane, irritanti e indesiderate visite dell'unico ingombrante vicino, che riesce a trasformare in assillante tortura la pacifica esistenza della coppia. E il paradiso si popola di incubi con l'apparizione dell'ancora più grassa consorte dell'uomo.

Sabotaggio d'amore
La scoperta di una città, Pechino, e di un mondo, la Cina, da parte di una bimba. E nello stesso tempo la scoperta di sentimenti essenziali come l'odio, l'astuzia, l'eroismo, l'amore, l'indifferenza. Giunta a Pechino con il padre diplomatico, la piccola protagonista viene coinvolta in una "guerra per bande" fra bambini di differenti nazioni. L'intuizione di come il nemico sia indispensabile nei rapporti umani è raccontata dall'autrice con la crudeltà e la grazia di sempre.

Attentato
Al protagonista, afflitto da una bruttezza senza speranza, cos'altro rimane se non venerare una donna i cui tratti sono la perfezione assoluta? *La Bella e la Bestia* di Amélie Nothomb è riscattata da un umorismo spietato che racconta anche di una società attenta solo alle apparenze.

Ritorno a Pompei
Un dialogo serrato e scintillante di ironia fra una scrittrice rompiscatole di oggi e Celsius, abitante del futuro. Un'antiutopia tagliente che prende l'avvio da un evento storico lontano nel tempo, o forse appena avvenuto: l'eruzione del Vesuvio nel 79 d.C. e la distruzione di Pompei.

Mercurio
Un'isola. Il capitano e la sua pupilla abitano in un castello da dove sono stati eliminati tutti gli specchi, perché la giovane Hazel non veda il proprio viso. È prigioniera? L'infermiera Françoise, chiamata a curare la fanciulla, indaga sugli elementi del mistero. Doppio finale a sorpresa...

Stupore e tremori
La giovane Amélie è al suo primo impiego alla Yumimoto, una delle "aziende più grandi dell'universo". Sua diretta superiore è Fubuki Mori, donna imperturbabile che prova piacere nell'umiliare la sottoposta. Inizia così la vertiginosa caduta di Amélie, presto declassata a guardiana delle toilette...

Metafisica dei tubi
Un'autobiografia scanzonata e irriverente dei primissimi anni di vita dell'autrice. La scoperta del gusto, del peccato, della potenza e della fascinazione della parola impegna il tubo-Amélie, apparentemente inerte: "Vivere è rifiutare. Chi accetta ogni cosa non è più vivo dell'orifizio del lavandino."

Cosmetica del nemico
Tutto comincia nella sala d'attesa di un aeroporto, dove un passeggero legge per ingannare il tempo. Ma è lui la vittima designata: è sufficiente parlargli per far scattare la trappola. Tutto finisce nella sala d'attesa di un aeroporto. Un giallo? Forse. Certamente un'indagine sulla doppiezza dell'uomo e sulla sua cecità, condotta in dialoghi mozzafiato.

Dizionario dei nomi propri
Nata in prigione da un'uxoricida, Plectrude desidera ardentemente diventare ballerina. Solo un rovinoso incidente riuscirà a impedirle per sempre di danzare. Tra l'amore del suo principe azzurro e un misterioso omicidio, la protagonista si muove in una favola moderna dalle sfumature noir.

Antichrista
Blanche è un'adolescente solitaria, immersa nei mondi dei libri che divora, mentre Christa è seduttrice e sicura di sé, solo l'età e la precocità negli studi le accomuna. E quando la ragazza più attraente e desiderabile dell'università la sceglie per amica, Blanche non crede alla propria fortuna. Ma è una felicità che dura poco, perché il sorriso e l'allegria di Christa nascondono una perfidia che si nutre della vitalità altrui... Tra adorazione e odio, disprezzo e ammirazione, Blanche soffre in silenzio: troverà la forza e il coraggio di affrontare la sua "carnefice"?

Biografia della fame
Una divorante fame di vita per un'autentica, singolare, eccentrica autobiografia. Gli anni del nomadismo familiare in paesi esotici, al seguito del padre diplomatico: Giappone, Cina, Bangladesh... "Se scendevo appena all'interno di me, mi imbattevo in territori di un'aridità stupefacente, sponde che attendevano la piena del Nilo da millenni."

Acido solforico
Una troupe televisiva recluta per le strade di Parigi i concorrenti di un reality show dall'inequivocabile nome Concentramento. I prescelti vengono internati in un campo dove altri interpretano il ruolo di kapò e dove la vita di tutti si svolge sotto l'occhio vigile delle telecamere... Gli strali nothombiani contro una società in cui la sofferenza diventa spettacolo.

Diario di Rondine
Dopo una delusione d'amore il giovane protagonista decide di annientare la propria sensibilità e diventa un sicario. Freddo e spietato, solo il sangue delle sue vittime sembra procurargli piacere, fino al giorno in cui gli viene ordinato di uccidere un ministro con la sua famiglia. Il diario segreto della figlia adolescente del ministro diventa ben presto la sua ossessione e ne sconvolge in modo imprevedibile il destino...
Un'insolita storia d'amore in puro stile Nothomb per un romanzo eccentrico dalle tinte dark.

Né di Eva né di Adamo
Dopo *Stupore e tremori* l'autrice belga ritorna al suo periodo giapponese per narrarne l'aspetto privato: la sua storia d'amore con Rinri, giovane giapponese ricchissimo, affascinato dalla cultura occidentale quanto la giovane Amélie lo è da quella giapponese. Un resoconto bizzarro e insieme poetico, sotto il segno del piacere, dell'umorismo e della rapidità.

L'entrata di Cristo a Bruxelles
Due novelle che sono un concentrato della migliore Nothomb, ironica e leggera, beffarda e inquietante.

Causa di forza maggiore
Nell'esistenza di un individuo assolutamente normale irrompe l'imprevisto: uno sconosciuto sceso da una Jaguar suona alla porta, chiede di fare una telefonata e viene colpito da infarto appena composto il numero. Un segno del destino? Un complotto? Amélie Nothomb sovverte ancora tutte le regole del gioco letterario.

Il viaggio d'inverno
Zoïle, impiegato di una società elettrica, è innamorato della bella Astrolabe che però è completamente presa dal compito di accudire la sua amica scrittrice Aliénor, colpita da una strana forma di autismo. Un viaggio psichedelico è la bizzarra tecnica di seduzione messa in atto dal giovane per conquistare la bella...

Una forma di vita
Tra le migliaia di lettere che riceve ogni giorno, Amélie si imbatte in quella di Melvin Mapple, soldato americano obeso di stanza a Baghdad che usa il cibo come una personale forma di protesta contro il Sistema. Inizia così una stravagante corrispondenza epistolare, finché all'improvviso Melvin non smette di scrivere...

Uccidere il padre
Joe Whip ha 15 anni e un'unica passione: i giochi di prestigio. Cresciuto senza padre e messo alla porta dalla madre, vaga per i bar di Reno intrattenendo i clienti con i suoi trucchi di magia. Qui incontra Norman Terence, il mago più abile e famoso della zona, e il ragazzo sembra trovare in lui un padre oltre che un mentore. Riuscirà l'allievo a superare il maestro?

Barbablù
Saturnine, giovane ragazza belga, cerca un alloggio a Parigi. Trova, per una cifra davvero modesta, un sontuoso appartamento da condividere con l'eccentrico proprietario, il Grande di Spagna don Elemirio Nibal y Milcar. Ma l'irriverente Saturnine non sa che otto donne prima di lei hanno abitato in quella magnifica casa e che di loro nessuno ha più notizie... Un romanzo che indaga i meccanismi dell'amore, il cannibalismo sentimentale e la doppiezza della natura umana.

La nostalgia felice
Un bizzarro e coinvolgente viaggio sentimentale: sedici anni dopo le tragicomiche peripezie raccontate in *Stupore e tremori* e in *Né di Eva né di Adamo*, Amélie Nothomb torna in Giappone. È l'occasione per rivedere le persone e i luoghi amati dopo lo spaventoso terremoto di Fukushima del 2011.

Pétronille
La storia di un'amicizia e di una passione. L'amicizia è quella fra due scrittrici, una già affermata e idolatrata dal pubblico e l'altra geniale ma esordiente all'inizio della narrazione: Amélie Nothomb e Pétronille Fanto. Il racconto di un inusuale legame che prende forma fra libri, librerie, letteratura e indimenticabili bevute. A unire le due donne infatti, oltre alla scrittura, c'è anche la comune passione per lo champagne...

Il delitto del conte Neville
Riprendendo Oscar Wilde e la tragedia greca, Amélie Nothomb ci offre una sua personale versione dei miti. Il conte Neville, aristocratico belga decaduto, è costretto a vendere il suo magnifico castello nelle Ardenne. Prima di uscire di scena, decide di organizzare una lussuosissima festa d'addio. Nei giorni che precedono l'evento, sua figlia Sérieuse fugge di casa e si nasconde nella foresta. A trovarla è una misteriosa chiaroveggente, e sarà costei, dopo aver avvertito il conte del ritrovamento della ragazza, a fargli una spaventosa profezia...

Riccardin dal ciuffo
Un romanzo sui misteri dell'amore e della natura umana. Il famoso ornitologo Deodato – che ha un aspetto repellente ma un'intelligenza fuori dal comune – incontra Altea, che al contrario stupisce per la sua incantevole bellezza, che però sembra unirsi a un ingegno limitato...

Colpisci il tuo cuore
Marie è una bellissima diciannovenne che gode nel suscitare l'invidia delle sue coetanee. Quando va in sposa a un giovane benestante, non si rassegna alla nascita di Diane, l'incantevole figlia che attira su di sé l'attenzione di tutti, come non si rassegna a una vita che sembra deludere le sue aspettative. Un romanzo crudele che mette a nudo con precisione millimetrica i meccanismi più distruttivi dell'animo umano.

I nomi epiceni

Può una vendetta realizzarsi nell'arco di un'intera esistenza? Una storia d'amore nero che tocca le corde più intime del desiderio, là dove è difficile distinguere l'amore dal suo riflesso malato, e dove vincere o perdere diventa l'unica ragione per cui vale la pena vivere.
Il 12 settembre 1970 Dominique conosce Claude sulla terrazza di un caffè a Brest, e non sa ancora che la sua vita sta per cambiare per sempre...

Sete

Dopo il processo e il giudizio di Pilato, Gesù trascorre la sua ultima notte in cella, profondamente afflitto dalle incredibili testimonianze dei suoi miracolati. Romanzo in prima persona in cui la figura più universalmente nota al mondo occidentale, ma anche la più oscura, racconta di sé sulla soglia della propria morte...

Gli aerostati

Ange, brillante studentessa di filologia, inizia a dare ripetizioni a Pie, uno strano sedicenne. Affascinato dalla matematica, Pie disprezza invece la letteratura. Sotto l'occhio vigile di Grégoire, l'autoritario padre del ragazzo, Ange si mette al lavoro incoraggiando Pie a leggere un classico dopo l'altro. Il rapporto tra i due diventa subito speciale, e anche Ange avrà qualcosa da imparare dal suo allievo... Una celebrazione della lettura e della giovinezza, con una sfumatura noir.

Primo sangue
Infanzia, giovinezza, matrimonio e primo incarico diplomatico di Patrick Nothomb, rampollo di una delle più influenti famiglie del Belgio. Fra una madre troppo presto vedova, dei nonni a dir poco bizzarri e una banda di zii quasi coetanei, il piccolo Patrick si impegna a diventare uomo.

Luccicante come una pentola
Cinque storie deliziose – di cui una inedita – che trascinano il lettore nel dissacrante mondo di Amélie Nothomb, impreziosite dalle eleganti illustrazioni di Kikie Crêvecoeur.

Il libro delle sorelle
Tristane è una bambina sensibilissima e molto intelligente ma i genitori non se ne accorgono, impegnati come sono a vivere la loro reciproca, immensa passione. La sua solitudine finisce solo con la nascita della piccola Laetitia, che cresce grintosa ed esuberante, nutrita dall'affetto e dalla dedizione della maggiore. Un legame potentissimo, quello fra le due, che riesce a fare da scudo all'indifferenza dei genitori. Fra studio, rock e primi amori, le due bambine cercano di costruirsi una vita su misura, ciascuna con la propria affascinante unicità. Una storia che si legge d'un fiato, pervasa da un brio irresistibile.

Psicopompo
In questo trentaduesimo romanzo Amélie Nothomb ci parla del suo amore per gli uccelli e per il loro volo, della sua infanzia errabonda al seguito del padre diplomatico, della violenza subita appena dodicenne sulla spiaggia di Cox's Bazar in Bangladesh. A cui fanno seguito il trauma, l'anoressia come crudele possibilità di resurrezione e infine il potere salvifico della scrittura con la severa disciplina necessaria... Pagine intrise di intimità per il romanzo più personale e autobiografico della pluripremiata e amatissima autrice belga.
Un libro diverso dai precedenti ma che allo stesso tempo li illumina tutti.

Redazione di
Daniela Di Sora

Grafica
Progetto: Alberto Lecaldano
Font: *Voland*, Luciano Perondi, 2010

Stampa
Print on Web Srl
via Napoli 85
03036 Isola del Liri (FR)

Finito di stampare: febbraio 2025

Edizioni Voland
00185 Roma, via Emanuele Filiberto 191
tel. 06 45496060
www.voland.it
e-mail: redazione@voland.it

- Pep insopportabile
- narrazione scorrevole, a volte sembra un flusso di coscienza
- non mi appassiona